最美的诗词故事大全集

大全集

周成龙　主编

第一卷

时代文艺出版社

图书在版编目（CIP）数据

最美的诗词故事大全集：全4册／周成龙主编.
一长春：时代文艺出版社，2012. 4
ISBN 978－7－5387－4004－2

Ⅰ.①最… Ⅱ.①周… Ⅲ.①古典诗歌－诗歌欣赏－中国－青年读物
②古典诗歌－诗歌欣赏－中国－少年读物 Ⅳ.①I207. 2－49

中国版本图书馆CIP数据核字（2012）第056550号

出 品 人：陈 琛
责任编辑：刘瑀婷 杨 迪
封面设计：世纪鼎

最美的诗词故事大全集

周成龙 主编

吉林出版集团 时代文艺出版社 出版发行
长春市泰来街1825号
邮政编码：130011
总编办：0431－86012927 发行科：0431－86012957
网址：www. shidaichina. com
全国新华书店经销
三河市冠宏印刷装订有限公司 印刷
开本 710×1030毫米 1/16 印张 46 字数 700千
2012年4月第1版 2018年3月第3次印刷
定价：369.00元（全四卷）

图书如有印装错误 请寄回印厂调换

前　言

在我国蕴藏极富的文学宝库中，诗词是一株光耀千古的奇葩，是一块无比珍贵的珠宝。千百年来，随着时光的流逝愈发显出它的不朽。

诗词之所以有千古不衰的魅力，是由于诗人们在创作中倾注了自己满腔的才情与心血，凝入了爱的欢乐与恨的悲怆。

诗词中，篇什短小的小令，清隽旷远，优美明快，别有韵致；长调则倾荡磊落，雄奇清旷，如无风海雨，豪放杰出，别具一格。

诗词素有婉约与豪放之说。婉约词秀雅飘逸，自然真挚，寄情无限；豪放词体制恢宏，风格多样，有"横绝六合，扫空万古"的气势。

诗歌的美，美在无法用言语表达；诗歌的美，美在用心灵真诚体悟。那一片片情思，那一点点忧愁，沁入心中，在四肢百骸里流淌。

放眼古代诗坛，华彩纷呈，百卉竞妍，《唐诗宋词》中那几十万余首诗词，为我们后世耸起了一座奇崛的艺术丰碑。

在唐诗宋词中，伴有许许多多饶有情趣、耐人寻味的典故轶事，或宦海沉浮，或君臣遭际，或翰墨行状，或男欢女爱，或宾朋交往……真可谓五光十色，耀人眼目。

目 录

一生好入名山游：诗词中的山川风景

最美的诗词故事大全集

目录

一生好入名山游

诗词中的山川风景

第一章：踏遍山楼写风情——感悟山雄之名楼

不识庐山真面目，只缘身在此山中
——匡庐奇秀甲天下

题西林壁

苏轼

横看成岭侧成峰，远近高低各不同。

不识庐山真面目，只缘身在此山中。

苏轼由黄州贬赴汝州任团练副使时经过九江，游览庐山。瑰丽的山水触发逸兴壮思，于是写下了若干首庐山记游诗。

庐山，是我国享誉古今中外的名山，雄踞于江西省北部的鄱阳湖盆地，紧靠九江市区南端，濒临鄱阳湖畔，雄峙长江南岸。可谓一山飞峙，斜落而俯视着万里长江，正濒而侧映着千顷阔湖，山清水秀景色泛胜。由长江、庐山、鄱阳湖相夹地带，才会形成襟江带湖、江环湖绕，水光山色、岚影波茫之景象。故古人云："峨峨匡庐山，渺渺江湖间"，形容恰到好处。也正因是如此，庐山才不愧为一幅充满魅力的天然山水画卷。

庐山是一座崛起于平地的巍巍峨峨的孤立形山系。它经过漫长复杂的地质运动，早在震旦纪就在浅海底开始沉积，经过"吕梁运动"慢慢升高露出水面受到锉磨，后下沉淹没汪洋海水继得洗礼，直至白垩纪时发生"燕山运动"，掀起"褶皱"波涛重新露出水面，断块续升，定型山的骨架，又经长期积雪覆盖，到四世纪末地球变暖，再经更强烈的冰川剥蚀，因而造就了崔嵬孤突，峥嵘潇洒，雄俊诡异，刻切剧烈。

庐山山体呈椭圆形，长约 25 公里，宽约 10 公里，绵延的 90 余座山峰，犹如九叠屏风，屏蔽着江西的北大门。庐山以雄、奇、险、秀闻名于世，素有"匡庐奇秀甲天下"之美誉。巍峨挺拔的青峰秀峦、喷雪鸣雷的银泉飞瀑、瞬息万变的云海奇观、俊奇巧秀的园林建筑，一展庐山的无穷魅力。庐山尤以盛夏如春的凉爽气候为中外游客所向往，是国内久负盛名的风景名胜区和避暑游览胜地。

庐山地形走向，东西伸张，南北收缩，像片枇杷树叶。东临高垄，西接赛阳，南濒黄龙山麓，北靠莲花。其长约 29 公里，宽约 15 公里，周围面积达到 300 平方公里。由于庐山所处在亚热带地方，土质潮湿肥沃，气候湿润，有利各种植物发育。因此，在这广袤的 300 平方公里土地中，生长植物 3000 多种。概括说来，山上山下植物分布有亚热带竹林，有热带常绿阔叶林，有温带落叶阔叶林，有寒带针叶林，以及一般灌木林、混交林，同时夹杂野花野草。形成竹木茂盛，花草芬芳，郁郁葱葱，好个植物荟萃。之所以成为胜地，也与植被的功绩分不开。如此茂林修竹，不愧为幽雅翠境。

　　庐山气候温适，夏天凉爽，冬天也不太冷，这是庐山又一优越条件。庐山顶端因处高空地带，加上江环湖绕，湿润气流在前进中受到山地阻挡，易于兴云作雨。所以，庐山雨量丰沛，全年平均降雨量 1917 毫米，年平均有雨日达 168 天。庐山云雾较多，全年平均有雾日达 192 天。更奇异的是庐山云雾常年此出彼没和变化莫测，给庐山增添了妙景。

　　仙人洞为庐山著名景点之一。位于锦绣谷的南端，有参差如手的"佛手岩"。在佛手岩的覆盖下，一洞中开为仙人洞。洞高、深各约 10 米，幽深处有清泉下滴，称"一滴泉"。洞壁有"洞天玉液"等石刻题词。洞中央"纯阳殿"内置吕洞宾石像，传说八仙中的剑仙在此修道成仙。每当云雾缭绕之时，骤添几分仙气。至清朝，佛手岩成道家的洞天福地，改称仙人洞。毛泽东同志的著名诗句"天生一个仙人洞，无限风光在险峰"，使仙人洞景点名扬四海，是来庐山的游客必游并留影之处。

　　"美庐"，曾作为蒋介石的夏都官邸，"主席行辕"，曾是当年"第一夫人"生活的"美的房子"，演化出的历史轨迹，与世纪风云紧密联系。无数历史事件，无疑将这座小楼推上了显赫而又迷离的境界。无疑予人视觉上心理上一种潜在的诱惑，无疑令人浮想翩跹。

含鄱岭上有一座雕梁画栋的方型楼台，这就是庐山观日出的胜地"望鄱亭"。游客踏着熹微的晨光登上望鄱亭，依栏远望着呈现鱼肚白的天际。不一会儿，一望无涯的鄱阳湖上，拉开了红色的天幕，天幕上金光万道，紫霞升腾。轻扬天际的密密云层，在霞光的印染下，如同一大片重重叠叠的金色金鳞。蓦地，一轮旭日从烟波浩渺的湖面喷薄而出，染红了蓝天、绿水、远山、近岭。

西林，即庐山西林寺。西林寺位于江西省九江市庐山境内。公元 377 年，由开山祖师慧永法师创建，迄今已有 1700 余年的历史。西林寺与东林寺均依庐山而立，相距不过百丈，景观各有千秋。东林寺规模宏大，气势雄伟；西林寺则小巧紧凑，秀丽严谨。

北宋大诗人苏轼曾有《题西林壁》诗云："横看成岭侧成峰，远近高低各不同，不识庐山真面目，只缘身在此山中。"此诗传颂千古，也使西林寺声名远播。

西林寺内珍贵文物很多，以七层千佛宝塔最有特色。千佛塔又名"砖浮屠"，唐开元年间由唐玄宗敕建，原是石塔，北宋庆历元年将石塔改建为七层六面楼阁式，高 46 米，周长 34.2 米的砖塔，南北开门，东面二层开门，塔外登梯入塔室，可攀梯直登七层览胜。明崇祯五年，照真法师对宝塔进行了大修，每层内外均设有佛龛，供奉佛像。迄今数百年，古佛塔失修，1988 年，千佛塔全面修复，现有玉雕佛供奉在顶层，其外状崔巍，高耸峭立，为西林寺的标志。

纵观西林寺的历史，虽有兴有衰，但它始终能保持

"有上有人，法轮无一"，盛名不衰，雄峙山北。其"荒野之趣"是庐山诸刹所难以企及的。

原先著名的"西林寺"，如今更名为"西琳寺"。仔细一想，或许因西林寺为知名的尼姑庙，且为女众休憩之地，因此更名为"西琳寺"似乎应在情理之中。但西林寺的更名，使得真正意义上的西林寺早已不复存在了，唯有西林塔屹立千年，见证着西林寺的变故……

"春如梦、夏如滴、秋如醉、冬如玉"，更构成一幅充满魅力的立体天然山水画。历史造就此山，文化孕育此山，名人喜爱此山，世人赞美此山。中华民族源远流长的历史和数千年博大精深的文化蕴育了庐山无比丰厚的内涵，使她不仅风光秀丽，更集教育名山、文化名山、宗教名山、政治名山于一身。从司马迁"南登庐山"，到陶渊明、李白、白居易、苏轼、王安石、黄庭坚、陆游、朱熹、康有为、胡适、郭沫若等 1500 余位文坛巨匠登临庐山，留下4000 余首诗词歌赋的文化名山的确立；从慧远始建东林寺，开创"净土法门"，到集佛、道、天主、基督等各宗教于一身的宗教圣地的形成；从朱熹重建白鹿洞书院弘扬"理学"，到教育丰碑的构建；从"借得名山避世哗"的隐居之庐，到上世纪初世界 25 个国家风格的庐山别墅群的兴建；从胡先骕创建中国第一个亚热带山地植物园，到李四光"第四纪冰川"学说的创立；从上世纪中叶，庐山成为国民政府的"夏都"，到庐山作为政治名山地位的确立……庐山的历史遗迹，代表了中国历史发展的大趋势，处处闪烁着中华民族历史文化的光华，充分展示了庐山极高的历史、文化、科学和美学价值。她是千古名山，得全国人民厚爱及世界的肯定，获一系列殊荣：乃首批国家重点风景区、全国风景名胜区先进单位、中国首批 4A 级旅游区、全国文明风景区、全国卫生山、全国安全山、国家地质公园、中华十大名山之一、世界遗产地——我国目前唯一的世界文化景观。

外国人到庐山，惊喜、赞语不绝，联合国教科文组织世界遗产委员会专家们登山后恰如其分地评说："庐山的历史遗迹以其独特的方式，融汇在具有突出价值的自然美之中，形成了具有极高美学价值的、与中华民族精神和文化生活紧密相连的文化景观。"这里每一滴水、每一棵树、每一幢房，如一首诗、一幅画、一本书。庐山，是中华民族的骄傲！

迢递嵩高下，归来且闭关
——历史发展的博物馆

归嵩山作

王维

清川带长薄，车马去闲闲。

流水如有意，暮禽相与还。

荒城临古渡，落日满秋山。

迢递嵩高下，归来且闭关。

随着诗人王维的笔端，既可领略归山途中的景色移换，也可隐约触摸到作者感情的细微变化：由安详从容，到凄清悲苦，再到恬静淡泊。说明诗人对辞官归隐既有闲适自得，积极向往的一面，也有愤激不平，无可奈何而求之的一面。诗人随意写来，不加雕琢，可是写得真切生动，含蓄隽永，不见斧凿的痕迹，却又有精巧蕴藉之妙。沈德潜说："写人情物性，每在有意无意间。"方回说："不求工而未尝不工。"正道出了这首诗不工而工，恬淡清新的特点。

嵩山位于洛阳东南登封县境内，是五岳中的中岳，分太室、少室二山，各 36 峰，主峰极峰海拔 1494 米。嵩山山势挺拔，层峦叠嶂，有很多名胜古迹，主要有岳庙、嵩阳书院、嵩岳寺、嵩岳塔、少林寺、塔林等。

嵩山被誉为我国历史发展的博物馆，儒、释、道三教荟集，拥有众多的历史遗迹。其中有中国六最：禅宗祖庭——少林寺；现存规模最大的塔林——少林寺塔林；现存最古老的塔——北魏嵩岳寺塔；现存最古老的阙——汉三阙；树龄最高的柏树——汉封"将军柏"；现存最古老的观星台——告城元代观星台。此外，太室山黄峰盖下的中岳庙始建于秦，唐宋时极盛，是河南现存规模最大的寺庙建筑群；嵩阳书院气势恢宏。

古朴高雅，宋时与睢阳、岳麓和白鹿洞书院称四大书院；加上苍翠清幽的法王寺，回环险绝的轩辕关、慧可断臂求法的立雪亭等等，皆为中国人文风物的瑰宝。

中岳庙在山南麓的最东端，是历代封建统治者祭祀"山神"的地方。庙内翠柏参天，古建筑群林立，金碧交辉，风光秀丽，是我国现存最早的道教庙宇之一。庙内保存有唐碑和宋代铁人四尊。庙宇布局严谨，中轴线上有中华门、峻极殿、天中阁等建筑。嵩阳书院在中岳庙西，为我国古代四大书院之一。院内有被称"将军树"的两株大汉柏，五人合抱不拢，现仍苍翠挺拔。嵩岳塔和嵩岳寺在太室山西南麓的山坞中。嵩岳塔是一座单层密檐式砖塔，平面形状为等边 12 角形，这在我国是独一无二的，塔高30 米，塔身以上是 15 层砖檐，是我国现存最古老的砖塔。嵩岳寺是北魏宣武、孝明二帝的离宫，后舍为佛寺。

嵩山是佛教圣地，少林寺便是它最引人的地域了，在去少林寺的路上，可以顺便先去六个地方转一转。观星台院落幽静，周公测景，郭守敬观星，从此奠定中国天文学之基业。台东壁日军炮击留下的弹坑，又让人们想起芦沟桥畔宛平城上同样的伤痕。中岳庙峻极嵩高，林木荫森，镇库铁人威武雄壮，两廊彩塑中，包拯、海瑞、关羽、岳飞均是仙班有名。嵩阳书院内，"大将军"得意忘形笑歪了身体，"二将军"愤愤不平气炸了肺腑。嵩岳寺塔挺拔雄伟，法王寺彩绘阴曹气氛恐怖。

少林寺在少室山北麓的山坞中，是中外闻名的佛教古刹，但多毁于战火。现存遗物多系明清作品，主要有毗卢阁内五百罗汉图壁画和东偏殿少林寺练拳壁画，壁画技术朴素生动，神态逼真，为研究少林拳法提供了宝贵资料。

在少林寺西不远，有 220 座塔组成的塔林，这里是唐代以来少林寺和尚的墓塔，是我国最大的一处塔林。

进入千年古刹少林寺，迎面是一座铜铸的少林武僧像，左拳抵着右掌，威风凛凛。向少林的方向走去，两边是数不清的旅游品商店，卖的都是少林的特产——刀枪剑戟！踏进举世闻名的少林寺，首先觉得它的建筑规模比想象中的小得多，这个有中国佛教禅宗发祥地之誉的寺院丝毫谈不上气势恢宏，其中缘故乃饱经沧桑。少林寺始建于南北朝时期（公元496年），唐初秦王李世民在讨伐王世充的征战中，少林寺13名和尚征战有功，受到赞许和封赏，此后武则天又封禅于嵩山，少林寺日益兴隆，殿堂楼阁达5000多间，成为中外驰名的大佛寺，鼎盛时少林和尚发展到2000多人。清朝以后，少林寺才走向衰落，特别是民国17年，军阀石友三火烧少林寺，使众多的雄伟殿堂毁于一旦，连少林寺志、拳谱、藏经等珍贵的文物俱成灰烬。如今展现在游人面前的少林寺建筑大多是80年代初开始修复的，唯有一些火烧不了的碑刻尚能寻觅到古老的痕迹。这些碑刻主要矗立于少林寺山门后的林荫道旁，其中珍贵的有唐太宗亲笔签名的告少林寺主教碑，宋代苏东坡书写的"观音赞"碑等。把少林寺逛一圈，你也难以见到一二个和尚，据说目前少林寺里常住僧人只有几十个，听来也令人难以置信。天南地北倒是有不少慕名来少林寺习武的，但都不是在寺内，而是在寺外。

到少林寺不可不游塔林。长年住在这里的，有寺院历代的方丈、住持和首座，也有曾经抗击倭寇，戍守边疆的功臣。他们生前于国于寺均是有大贡献者，圆寂之后英魂不灭，仍在这里护佑着少林。游塔林就像是读了一部浓缩的少林寺历史，穿行在灵塔间仿佛可以和高僧们对话，听他们讲述少林千百年来的碌碌风尘。只是可惜，逝者没有得到后人应有的尊重，不时有人攀上石塔，或洋洋得意，或假做虔诚。

当你游完塔林，天也许会飘雨，不过这样更有情趣，坐嵩阳索道上了钵盂峰，二祖庵里的将军柏会给人留下深刻的印象，那么直那么粗，那么高，那么蓬勃的翠，卓而不群，静而沉重，配着幽幽的佛香，沙沙细雨，平静如水。看过慧可当年养伤修行的二祖庵，向西直奔三皇寨森林公园。小路在山谷中迂回盘旋，上上下下，尽管累，但林中鸟儿啁喳，清风徐来，耳畔又听得潺潺溪水之声，好不惬意。

两岸青山相对出，孤帆一片日边来
——天门中断楚江开

望天门山

李白

天门中断楚江开，碧水东流至此回。

两岸青山相对出，孤帆一片日边来。

天门山距张家界市区仅 8 公里，海拔 1518.6 米，山体四周绝壁，拔地临空，气势冲天，孕育着成熟的喀斯特岩溶地貌。于高绝奇险中更见秀丽宜人，历来成为名人宦仕的景仰之地，文化底蕴极为深厚，是张家界的文化圣地，被尊为"张家界之魂"，有"湘西第一神山"的美誉。

　　天门山即是东、西梁山的合称，因东、西梁山拔地而起，长江对峙，形如天门，故称"天门山"。从船上远远望去，两山势如虎踞、宛如蛾眉，故又名"二虎山"、"蛾眉山"。据说远古时，东、西梁山联成一体横亘江中，阻挡了长江东流，每当夏季洪水泛滥，两岸百姓苦不堪言，一次，玉帝巡游至此，令巨灵神用仙斧把东、西梁山一劈为二，使洪水从两山当中流过。由于江流湍急，经常溺死人马。一天，有一个云游僧来到这里，自称奉玉帝命前来救苦救难。他纵身跃入长江沉入江底。几天后，江中浮出一洲，就此缓冲了水势。此后，两岸变成鱼米之乡。有诗赞道："巨灵斧劈翠微井，中泻洪流老不回；玉帝施恩天有眼，黎民喜庆福祺来。"

　　天门山静似蛾眉，动如巨鳌。当风和日丽，晴空万里时，一切都安详安静，恰如李白《天门山》描绘的："迥出江山上，双峰自相对。岸映松色寒，石分浪花碎。参差远天际，缥缈晴霞外。落日舟去遥，回首沈青霭。"而当风涛吼，飞沙走石时，则是惊涛骇浪，险象环生。

　　天门山东障金陵西屏八皖，地势险要，为长江咽喉，与江阴要塞相伯仲，历来为兵家必争之地。春秋时吴楚之战就发生在这里。李白《天门山铭》道："梁山博望，关扃楚滨。夹据洪流，实为吴津。"两岸山顶昔日各有宋王元谟所筑城堡。六朝建都金陵，也都是两山兵捍御。据《当涂县志》载：南宋皇帝曾亲率水兵于此操练；明朝开国大将军常遇春的水师，也曾与元兵在此展开过激烈战；太平天国将士在此架设炮台，阻击过清军。当年挖掘的战壕工事和炮台，今仍清晰可见。

天门山是李白十分喜爱、反复吟咏的名山，途经采石、天门的文人墨客，也常吟诗抒怀。如宋韩元吉有《霜天晓角》词云："倚天绝壁直下江千尺。天际两蛾凝黛，愁与恨，几时极？莫潮风正急，酒阑闻塞笛。试问谪仙何处？青山外，还烟碧。"西梁山的大陀山临江晋永和三年（347年）王羲之游览天门山时乘兴挥笔写下的。

天门山寺，始建于唐，后迁赤松山，明代又迁移到此。寺庙的规模原为"三进堂、六耳房、砖墙铁瓦锅如塘"，后因年久失修，加之人为破坏，现仅存观音殿与祖师殿两进瓦房和一座七级浮屠（石宝塔）了。

庙宇虽破坏严重，但从残存的 12 块石碑上，一副对联还依稀可辩。上联："天外有天天不夜"；下联："山上无山山独尊"，横批为"天门仙山"。

据史料记载，天门山庙是建在泥洞、蛇洞与龟洞者三座洞上面的，这三座洞与祖师洞相通而又相连，洞内有大蟒蛇与神龟，如没有祖师菩萨坐殿"镇坛"，它们就会出来兴风作浪，所以祖师洞在庙宇的正殿下，用"大如塘"的铁锅将洞口盖起来，千万不能打开。这祖师洞上面的正殿，又称祖师殿，相传那是一座神殿，百人进香下跪不显得拥挤，而十人也不觉得宽，每次进香，人总是跪得满满的。

龙头峰位于天门山寺南，距祖师殿约 200 米。龙头峰，因峰似龙头而得名，相传龙头峰系东海龙王游龙头山丢下的一根龙头拐杖变的，谁到龙头峰一游，只要采一根龙头竹作拐杖，便可以覆险如夷。

龙头峰有龙头岩，岩上安装的龙头伸出悬崖之外，胆大的还可以抱住龙头打转。游龙头峰，在这里观日出是非常壮观的。观日出，最好五更起床。当你凝视东方，会不知不觉发现东方山那边渐渐变白了，变亮了。这光亮从群山脚下慢慢上升，扩展，延伸。当你正看得入神，又会在不知不觉中突然发现，那一轮红日就从地平线上冉冉升起了。太阳照得万山红遍，层林尽染，随之而来的晨雾也慢慢变薄，你会感觉浑身是劲，一切都充满希望！

天门山旅游区还有：天门洞、朝阳洞、双龙禅院、普陀庵、下庵五座庙宇，俗称"三院两庵"。明太祖"砍树相送"，刘伯温隐遁至天门洞。

双龙禅院又称"下庵"，位于南天门山东北角下，南塘戚公（戚继光）选此风水宝地作为庙址，后经性存、寂禄、海据三代僧人百余年的努力于康熙十七年建成。为前明官署旧址，后改为"普陀庵"。相传当年规模很大，有"京东第一庵"之誉。

天门洞渊源玄奥，来路坎坷。传说，在很久很久以前，天上一声爆炸，五彩祥云缤纷，山突然洞开，传出玉帝洪钟般的问话："你要什么？"见者都可以跪在地上索要所需要的一切。当地有这样的民谣："千把钥匙万把锁，开天门，结百果。"

天门洞有五大奇观。一奇，雄伟高大。清人王子睿诗曰："推得石门开，去天才五尺。"天门洞高 131.1 米，宽

一生好入名山游：诗词中的山川风景

30 米，深 37 米，可容纳 300 人，可修建一栋 16 层高的楼房。清代一知县李瑾站在永定卫城的城上观望，只见"岩窦半吞清夜月，山阿常宿隔霄云"。此时的天门洞，把月亮吞去了一半。二奇，空旷而明朗，洞门前后的山峰，都很低，惟有此山独尊。一洞空明，除悠悠白云，就是融融蓝天，一尘不染。所以给 1999 年的飞机穿越此洞提供了绝好的条件。三奇，梅花雨天下，未到过天门洞的人，谁会相信洞顶石壁上，一天到晚，一年到头，滴滴嗒嗒，降落"梅花雨"，据说，只要张口接得四十八滴，就可以成仙。这里的梅花雨是哪里来的？这是个谜，引来了不少文人和科学家去探究。四奇，洞顶苍竹倒挂。洞顶南檐，长满了苍翠而不高大的绿竹，根如虬龙，叶似柳簇，一排排下垂如帘，随风而啸，俗称龙竹。明代诗人张养浩有诗赞之："山展野屏垂地远，风挥天帚扫云空。"五奇，风云变幻。天门洞口，晴天微云淡抹，薄雾闲绕，倒也无事，若逢阴雨天气，云狂雾怒，翻江倒海，拍击石壁，悉悉有声，冷风朝天吹，呜呜怪叫，似有龙腾蛟舞，令人毛发倒竖。若逢初霁，云雾密封，天门藏身隐行，连方位都无法测定。清代当地奇才覃金瓯将它与潭口红日的壮观并列而题联曰："潭口有缺红日补，天门无锁白云封。"

　　具有五奇的天门洞，给予天门山赋予蓬勃的生气。如果说天门山是武陵之魂，那么，天门洞便是天门山之魂。

　　过天门洞，走一段平而弯的横道，便要攀登险峻陡峭的云梯岩了。云梯岩，因路上的岩石凳如云塔中的天梯而得名。这是从东边上天门山的必经之路。

在云梯岩的半山腰，路边可见一洞，这便是有名的风洞。行人至此，只觉凉风飕飕，如冰水浸骨一般。这风洞相传是风神爷施的法术，它与天门山寺庙祖师洞相通。凡到祖师殿朝圣的香客都要顶礼膜拜，虔诚敬香，如稍有不诚，这风神爷就会吹一口气，他吹一口气就会狂风大作，洞外就是飞沙走石；吹二口气，洞外就会屋倒瓦飞。

在天门洞上面还有一处天漕，上面有塘无水。天门洞顶，又有水无塘，只见一眼水出，长流不绝，游人从洞中经过，仰视洞顶，便只见水从眼出，初如柱，旋排散如花，形似梅花，故民间称为"梅花水"，并说："谁人接得四十八滴梅花水，便可升官发财中状元。"于是游人到此，都张口去接这象征吉祥的"梅花水"。这股天水，越遇天旱，流水则越大，且呈红色。如流水变成黑色，则社会上必有天翻地覆的大事出现。

上天门山观光游览，不可不去天门山顶一观。天门山顶古称"云梦绝顶"，是天门山的制高点。站在顶上，居高临下，视野开阔，环顾四周，晨观日出红山，夕观日落熔金，大小景点，尽收眼底。

"云梦绝顶"上，一年四季气候变化不同，其自然景观也大不一样：春天，草木萌动，山花灿烂；夏天，满山皆绿，云海翻浪；秋天，霜染红叶，天高云淡；冬天，大雪盖顶，山舞银蛇，似一派北国风光。

明月出天山，苍茫云海间
——雄浑壮阔的天山

关山月

李白

明月出天山，苍茫云海间。

长风几万里，吹度玉门关。

汉下白登道，胡窥青海湾。

由来征战地，不见有人还。

戍客望边色，思归多苦颜。

高楼当此夜，叹息未应闲。

雄阔的天山山脉全长 2500 公里，横亘亚洲腹地，为塔里木盆地和准噶尔盆地的天然分界线。天池处于天山东段最高峰博格达峰的山腰，距乌鲁木齐约 110 公里，古称"瑶池"，位于博格达峰前，海拔 1910 米，长 3400 米，最宽处 1500 米，深达 105 米，属冰碛湖。

这里群山环碧、雪峰倒影、苍松叠嶂、毡房点缀、羊群云游。属天山第一胜景，瑶池不二仙境！新疆天山天池风景名胜区是国务院首批确定的国家重点风景名胜区，4A 级景区，也是国家级森林公园，被联合国教科文组织列为博格达人与生物圈保护区。1980 年国务院批准的《总规》

面积 158 平方公里。目前正在修编的新《总规》景区面积为 548 平方公里。天池主景区地处新疆昌吉回族自治州阜康市境内，距首府乌鲁木齐市 94 公里。1979 年成立天池风景管理处，归属自治区建设厅管理，后交自治区人民政府机关事务管理局管理，1995 年 5 月更名为新疆天山天池风景名胜区管理局，并移交阜康市人民政府管理，2001 年 5 月更名为新疆天山天池风景名胜区管理委员会。管委会下设 8 个处室（部门），有干部职工 98 名，季节性招聘临时工 120 人左右。天池景区平均每年接待中外游客 50 万人次，其中国外游客 7.8 万人次。近年来，天池管委会先后荣获国家建设部先进风景区、国家旅游局先进集体、昌吉州文明单位等多项称号。

天山天池风景区以高山湖泊为中心，雪峰倒映，云杉环拥，碧水似镜，风光如画，古称"瑶池"，据说神话中西王母宴群仙的蟠桃盛会便设在此处。"天池"一名来自清代，取"天镜，神池"之意，极言此地风光之美。

天山天池风景区以天池为中心，包括天池上下 4 个完整的山地垂直自然景观带，总面积 380.69 平方公里。

天池湖面呈半月形，长 3400 米，最宽处约 1500 米，面积 4.9 平方公里，最深处约 105 米。湖水清澈，晶莹如玉。四周群山环抱，绿草如茵，野花似锦，有"天山明珠"盛誉。挺拔、苍翠的云杉、塔松，漫山遍岭，遮天蔽日。

湖水系高山融雪汇集而成，水深近百米，清纯怡人。每到盛夏，湖周绿草如茵，繁花似锦，最为明艳。即使是盛夏天气，湖水的温度也相当低，乘游艇在湖面上行驶，一阵阵凉风吹来，暑气全消，是避暑的好地方。

天池东南面就是雄伟的博格达主峰（蒙古语"博格达"，意为灵山、圣山）海拔达 5445 米。主峰左右又有两峰相连。抬头远眺，三峰并起，突兀插云，状如笔架。峰顶的冰川积雪，闪烁着皑皑银光，与天池澄碧的湖水相映成趣，构成了高山平湖绰约多姿的自然景观。

天池四周的山腰上，有许多云杉林，云杉形如宝塔，是著名的风景树。深绿的云杉林，挺拔、整齐，很有气势，显示出一种高山风景区特有的景色。清澈湖水，皑皑雪峰和葱茏挺拔的云杉林，构成了天池的迷人的景色。

天池自然风景名胜区是一处以高山湖泊、云杉林和雪山景观为特色的国内著名避暑旅游胜地。1982 年 11 月，被国务院批准为国家第一批重点风景名胜区。1990 年联合国设立的博格达"人与生物圈"保护区，把天山天池风景区纳入了保护区的范围。

游天池上山时山路蜿蜒曲折，伴随一条奔腾的溪流，这是来自天池的水，清澈的溪水冲击岩石时激起雪白的浪花，使人感到一股清新气息。

天池古称"瑶池"，地处天山博格达峰北侧，位于阜康市南偏东 40 余公里，距乌鲁木齐市 110 公里。"天池"一名来自乾隆 48 年（1783 年）乌鲁木齐都统明亮的题《灵山天池统凿水渠碑记》。

天池湖面海拔 1910 米，长 3400 米，最宽处约 1500 米，最深处达 105 米，旺水时面积达 4.9 平方公里，总蓄水量 1.6 亿立方米。这是一座 200 余万年以前第四纪大冰川活动中形成的高山冰碛湖，其北岸的天然堤坝就是一条冰碛垄。

天池是世界著名的高山湖泊。1982年，被列为第一批国家重点风景名胜区。

天池四季，景色俱佳。古往今来，文人墨客多吟诗赋文，备极赞誉。传说3000余年前穆天子曾在天池之畔与西王母欢筵对歌，留下千古佳话，令天池赢得"瑶池"美称。上个世纪70年代初，郭沫若陪同西哈努克亲王旅游，临湖吟出"一池浓墨沉砚底，万木长毫挺笔端"的佳章。清代，天池周围曾修建过铁瓦寺、娘娘庙等"八大庙"，现已荡然无存。娘娘庙后经人募捐修复供香客使用。天池周围，还有"石门一线"、"龙潭碧月"、"顶天三石"、"定海神针"、"南山望雪"、"西山现松"、"海峰展"、"悬泉飞瀑"八大景观。每年都吸引着大批中外游客。冬天的天池，白雪皑皑，银装素裹，湖上坚冰如玉，是全国少有的高山滑冰场。

天池风景区，它以天池为中心，融森林、草原、雪山、人文景观为一体，形成别具一格的风光特色。它北起石门，南到雪线，西达马牙山，东至大东沟，总面积达160平方公里。立足高处，举目远望，一片绿色的海浪，此起彼伏，那一泓碧波高悬半山，就像一只玉盏被岩山的巨手高高擎起。沿岸苍松翠柏，怪石嶙峋，含烟蓄翠；环山绿草如茵，羊群游移；更有千年冰峰，银装素裹，神峻异常，整个湖光山色，美不胜收。

天池共有三处水面，除主湖外，在东西两侧还有两处水面，东侧为东小天池，古名黑龙潭，位于天池东500米处，传说是西王母沐浴梳洗的地方，故又有"梳洗涧"、"浴仙盆"之称。潭下为百丈悬崖，有瀑布飞流直下，恰似一道长虹依天而降，煞是壮观，得成一景曰"悬泉瑶虹"。西侧为西小天池，又称玉女潭，相传为西王母洗脚处，位于天池西北两公里处。西小天池状如圆月，池水清澈幽深，塔松环抱四周。如遇皓月当空，静影沉壁，清景无限，因而也得一景曰"龙潭碧月"。池侧也飞挂一道瀑布，高数十米，如银河落地，吐珠溅玉，景称"玉带银帘"。池上有闻涛亭，登亭观瀑别有情趣。眼可见帘卷池涛，松翠水碧；耳可闻水击岩穿、声震裂谷。

　　天池以西三公里处是灯杆山，海拔 2718 米，山体长 3 公里许。老君庙、东岳庙就建于此。当年道士在山顶立一松杆，上挂天灯，昼夜不灭，当年乌鲁木齐的百姓都以天灯为神喻，只要灯长明不灭就预示世道太平，故该灯又称太平灯。由灯杆山西眺，乌鲁木齐可尽收眼底，尤其在华灯初上之际，远看乌鲁木齐万家灯火，其乐无穷。

　　天池西南两公里处，有马牙山，海拔 3056 米，山体长 5 公里，山顶巨石林立，形似一排巨大的马牙，因而得名。马牙山石林是天池景区的一绝，那些巨石在风的剥蚀下，形成奇特的马牙景观，其石奇形怪状，形态各异，或巨齿獠牙，如同猛兽血口，或层层翻卷如大海波涛。其中有一石极像古代牧人，头着毡帽，神态安然。走进石林总让你遐想联翩。在马牙山顶，北望天池，满目锦绣；东看博格达，雪海三峰尽收眼底；西眺乌鲁木齐，庐舍田庄，历历在目。

　　有人说天山天池有水怪，但被证实那些水怪是水獭。

名山刻画总支离，万态千容到始知
——黄山归来不看岳

黄山杂诗

孙洤

名山刻画总支离，万态千容到始知。

高以难窥终爱瘦，险多不测乃成奇。

云随变幻无常致，松不雷同总怪枝。

若结茅庵青翠处，真修何必让安期。

　　黄山位于安徽省最南端，东北与宣城地区的绩溪县、旌德县、泾县相接；西北与池州地区的青阳县、石台县、东至县毗连；西南与江西省的景德镇市、婺源县为邻，东南与浙江省的开化县、淳安县、临安县交界，总面积9807平方公里。

　　黄山景区距市府所在地屯溪69公里，位于中国安徽省南部，横亘在黄山区、徽州区、歙县、黟县和休宁县之间，南北约40公里、东西宽约30公里，面积约1200平方公里，其中精华部分154平方公里，号称五百里黄山。

　　黄山是中国十大风景名胜中唯一的山岳风景区，以奇松、怪石、云海、温泉四绝著称于世，与埃及金字塔、百慕大三角洲同处于神秘的北纬30度线上。雄峻瑰奇，奇中见雄、奇中藏幽、奇中怀秀、奇中有险。黄山所具有全是大自然的杰作，劈地摩天的奇峰，玲珑剔透的怪石，变化无穷的云海，千奇百怪的苍松，构成了无穷无尽的神奇美景，它"伟、奇、幻、险"的景色真令人叫绝。

黄山集名山之大成；泰山之雄伟、华山之险峻、庐山之飞瀑、峨嵋之清凉、雁荡之巧石、衡山之烟云，黄山无不兼而有之。传说是中华祖先——轩辕黄帝修身炼丹而飘然成仙的地方。黄山千峰竞秀，万壑峥嵘。有名可指的就有 72 山峰，有 36 大峰、36 小峰，其中莲花峰、天都峰、光明顶三大主峰，海拔均在 1800 米以上。拔地极天，气势磅礴，雄姿灵秀。黄山以变取胜，一年四季景各异，山上山下不同天，而且朝夕有别。黄山四季景色各异，晨昏晴雨，瞬息万变，黄山日出、晚霞、云彩、佛光和雾凇等时令景观各得其趣，真可谓人间仙境。

黄山可以说无峰不石，无石不松，无松不奇，并以奇松、怪石、云海、温泉四绝著称于世。素有"中国第一奇山"之誉。是首批国家重点风景名胜区，亦是世界级的旅游胜地，1990 年被联合国教科文组织列入受世界保护的人类自然遗产目录，已成为全人类的瑰宝。

黄山独特的花岗岩峰林，遍布的峰壑，千姿百态的黄山松，惟妙惟肖的怪石，变幻莫测的云海，构成了黄山静中有动，动中有静的巨幅画卷，赋予了黄山的艺术魅力，塑造了黄山永恒的灵性、神奇的风采。明代大旅行家徐霞客曾说过："薄海内外无如徽之黄山，登黄山天下无山，观止矣！"后人据此又称为："五岳归来不看山，黄山归来不看岳"。

黄山松与其他的松树不一样，大多不滋生于土，而盘根于危岩峭壁之中，挺立于峰崖绝壑之上，破石而生，苍劲挺拔，虬枝盘结。那姿态美得奇，又奇得绝。

迎客松，位于玉屏峰东侧，文殊洞上，树高10米左右，胸径64厘米，地径75厘米，枝下高2.5米，树干中部伸出长达7.6米的两大侧枝展向前方，恰似一位好客的主人，挥展双臂，热情欢迎海内外宾客来黄山游览。此松是黄山松的代表，国之瑰宝。北京人民大会堂安徽厅陈列的巨幅铁画《迎客松》就是根据它的形象制作的。送客松，在玉屏峰的道路旁。此松虬干苍翠，侧伸一枝，形势作揖送客，故名"送客松"。黑虎松，在北海至始信峰的岔道口，树高约15米，胸径65厘米，冠幅投影面积约100平方米，约700年寿龄。相传，早先有一僧人到狮子林，路过此处，忽见一黑虎卧于松顶，转瞬间，黑虎又不知去向，只见一株高大的古松。又此松干粗壮，针叶苍翠，干枝气势雄伟，一派虎气，且冠盖浓绿近于黑，酷似一只黑虎卧于坡下，故称黑虎松。双龙松，在西海门回音壁对面，古松分作两干，从石壁缝隙中渗出，盘旋虬曲于悬崖峭壁之上，形似双龙嬉戏于云海松涛之中，故名。1977年遭雷击后枯死，现树干尚存，仍可见往日神姿。凤凰松，在海心亭东200米处，此松地径30厘米，主干低矮，在树高40厘米处，分为两条枝干，一枝昂然斜伸，宛若凤凰引颈；一枝平展四射，恰似凤凰开屏。接引松，旧志为九大名松之三。位于始信峰，始信峰三面临壑，唯有东南与另一峰相隔丈许，只此一侧可以藉物登峰，惊险异常。此松伸臂展枝，似接引游人过壑，故名。现修建有"渡仙桥"。连理松；自黑虎松至始信峰去的途中，此奇松连地拔起，在离地2米处树分两干，并蒂齐肩，亭亭之上，直至顶端，且粗细、高低几乎一模一样，至今生机盎然，神采不衰。相传一株为唐玄宗，一株为杨贵妃，生前约定死后同来黄山结为连理，杨贵妃死后，即遵守誓言，来到黄山，住在蓬莱三岛，玄宗去世后也按约赴黄山，与杨玉环相会，在北海始信峰化作这株连理松。此松象征忠贞不渝的爱情。

位列黄山四绝之一的温泉，古称汤泉、朱砂泉，有两个出露口，据宋景佑《黄山图经》记载，传说中华民族的始祖轩辕黄帝曾在此沐浴，皱折消除，返老还童，温泉因此名声大振，被称为"灵泉"，温泉位于紫石峰南麓，汤泉溪北岸，海拔650米，温泉主泉泉口的平均温度为42.5度，副泉泉口水温为41.1度，水温还随气温、降水量的变化而变化。温泉的流量原池昼夜最大流量为219.51吨，最小流量为145.23吨。因其具有一定的医疗价值，又被称为"灵泉"。对消化、神经、心血管、新陈代谢、运动等系统的某些疾病，有一定的治疗和保健效果。游客下山后到此沐浴，可舒缓登山疲劳。

黄山云海不仅本身是一种独特的自然景观，而且还把黄山峰林装扮得犹如蓬莱仙境，令人置身其中，神思飞越，浮想联翩，仿佛进入梦幻世界。

云海上升到一定高度时，远近山峦，在云海中出没无常，宛若大海中的无数岛屿，时隐时现于"波涛"之上。

贡阳山麓的"五老荡船"在云海中显得尤为逼真；西海的"仙人踩高跷"，在飞云弥漫舒展时，现出移步踏云的奇姿；光明顶西南面的茫茫大海上，一只惟妙惟肖的巨龟向着陡峭的峰峦游动，原来那"龟"是在云海上露出的山尖。唯有飘忽不定的云海在高度、浓淡恰到好处时才能产生如此奇妙的景象，对旅游者来说，这是一种奇巧美的幸运偶遇。霞海出现时，则天上闪烁着耀眼的金辉，群山披上了斑斓的锦衣，璀璨夺目，瞬息万变。云海表现出来的种种动态美，大大丰富了山水风景的表情和神采。黄山的奇峰、怪石只有依赖飘忽不定的云雾的烘托才显得扑朔迷离，怪石愈怪，奇峰更奇，使它们增添了诱人的艺术魅力。

游黄山一般先乘车至温泉，温泉是黄山旅游接待中心，这里别墅成群，楼阁遍布，黄山宾馆就在这里。宾馆前的桃花溪环境清幽，胜景不少，溪旁还有温泉浴池和温泉游泳池。

游过黄山的人都说：黄山的"主旋律"是在云雾中。这就是说黄山最好的景色是在高峰地带，而且是有云雾时为最佳。陈毅同志游黄山后说：黄山是"前山雄伟，后山秀"。这说明黄山内部的自然风光存在着很大的差异。有人也说，前山精华数三峰，即莲花峰、天都峰、玉屏峰，后山佳丽萃两海，即西海和北海。根据游人的经验，游黄山必须登上高峰地带，否则是看不到黄山最绝佳的风光的。现黄山已通缆车，游人可以从温泉乘汽车到云谷寺，然后在此乘缆车直上黄山北海白鹅岭，由后山上去，前山下来。但是有脚力的年轻游客乃以前山上，后山下为好。

北海宾馆是后山的接待中心。在北海宾馆右侧有艳丽绝伦的散花坞，这里可观赏著名的"梦笔生花"奇景。北海宾馆对面是雄伟的狮子峰，这里有著名的巧石"猴子观海"。观赏北海景色的主要观赏点清凉台就在这座狮子峰的山腰上，凌晨来此可看壮观的云海日出。位于北海宾馆东方的石笋虹，号称"黄山第一奇观"，虹上石柱参差林立，奇松奇石风姿各异，"十八罗汉朝南海"惟妙惟肖，引人入胜。

西海的赏景胜地为排云亭，这里簇拥着许多箭林般的峰峦，大峰磅礴，小峰重叠，每当云雾萦绕，层层叠叠的峰峦时隐时现，酷像浩海中的无数岛屿。特别是夕阳西斜，层峦尽染，气象万千，呈现着无限瑰奇的绝妙景象。由排云亭往南行，有著名的飞来石。飞来石不仅形态奇特，在平台上凭栏览胜，还能令人进入绝妙的"画境"，双剪峰、双笋峰就像一幅神奇的泼墨山水画。

光明顶是云海的观赏点，由于地势高旷，所以是看日出、观云海的极佳处，现这里已建起黄山气象站。由光明顶往南行，将经过惟妙惟肖的"鳌鱼峰"和"老僧入定"奇石，下"百步云梯"就可来到莲花峰。莲花峰峻峭高耸，气势雄伟，宛如初绽的莲花，登上绝顶有两奇：一为景奇，二为锁奇。年轻的情侣或夫妇常把两把大锁如意一起锁在绝顶四周铁上，以示永结同心，所以这里已成锁的博物馆。由莲花峰往东南行，可达玉屏楼，它地处黄山三大主峰的中心，这里几乎集黄山奇景之大成，所以有"黄山绝佳处"之称，是观赏云海景色的观赏点。驰名中外的迎客松挺立在玉屏楼东侧。由迎客松往东去，可至黄山三大主峰中最险峻的天都峰，上天都峰并非易事，必须经陡峻奇险的天梯、天桥、鲫鱼背和三个石洞才能抵达，其中以鲫鱼背最险。下天都峰后就是下山之路，一路景色动人。

黄山四季景色各异，日出、晚霞、华彩、佛光和雾凇等时令景观各得其趣，还兼有"天然动物园和天下植物园"的美称，真可谓人间仙境。此外，还有云谷寺、松谷庵、白云溪、翡翠谷等游览景区，令人流连忘返。

黄山气候宜人，是得天独厚的避暑胜地。没上黄山的人向往黄山，上了黄山的人更留恋黄山。它会使你高兴而来，满意而归。

北山白云里，隐者自怡悦
——襄樊第一名山

秋登万山寄张五

孟浩然

北山白云里，隐者自怡悦。

相望试登高，心飞逐鸟灭。

愁因薄暮起，兴是清秋发。

时见归村人，沙行渡头歇。

天边树若荠，江畔舟如月。

何当载酒来，共醉重阳节。

诗人怀故友而登高，望飞雁而孤寂，临薄暮而惆怅，处清秋而发兴，自然希望挚友到来一起共度佳节。"愁因薄暮起，兴是清秋发"，"天边树若荠，江畔舟如月"，细细品尝，够人玩味。

襄樊多名山，古城襄阳以南，依次排列有岘山、羊祜山、虎头山、真武山等；远一点的，西有隆中山，东有鹿门山。这些山文化底蕴丰厚，驰名华夏。但缜密考证发现，位于古城襄阳以西5公里的万山，才是襄樊第一名山。

万山，一座充满神秘浪漫的山；一座沁着文化幽香的山；一座与古城襄阳历史同步，相映生辉，相互媲美的山。追溯历史与文化，它当属"襄樊第一名山"。早在春秋时期就以"神女弄珠"而闻名华夏。据襄樊学院魏平柱教授考证，弄珠的汉江二女神，可上溯到公元前977年陪周昭王南巡，乘"胶胶之船"过汉江时，"夹拥王身，同溺而亡"的延娟、延娱二位侍女，距今已近3000年了，比隆中因诸葛亮隐居而成名早1860多年，比岘山等城南诸山亦出名早1240多年，比鹿门山出名也应早1080多年。围绕万山0.5公里以内还有解佩渚、羊石庙、柳子关、万山潭、老龙堤等诸多文化遗址，可谓一步一故事，满山皆文化。

在荆山山脉大家族中，万山并非高耸入云，海拔不过150米，但万山绝壁临江，奇峭挺拔，山水相依，雄奇俊秀，自然天成。伫立崖边向北眺望，天宽地阔，大气磅礴。向远处看，大江浩荡东去，渔帆点点；近处，无垠沙洲如茵，绿意盎然；俯视壁下，绿波荡清流，清澈见底。

首先，万山地理位置特殊，西屏古城襄阳。它东距古城襄阳5公里，西接古隆中风景区，南临秦巴古道（现襄隆景观大道），北抵汉江边。从"混沌初开，乾坤始奠"始，即与南邻的柳子山（又名顺安山）比肩雄立，如两员威风凛凛的虎将，铜墙铁壁般远远地护卫着古城襄阳，历朝历代守襄阳者，均在两山之间设有"柳子关"，凡取襄阳者必先取柳子关与万山，方可到达襄阳以西走廊，直抵襄阳。因此，万山自古以来就是关隘要塞，为古战场和兵家必争之地。

其二，万山与南邻柳子山一脉相承，恰似"龙头"，由南向北，飞驰汉江边，屹立江渚上，其山的北端绝壁临江，奇峭挺拔，与壁下"遥看汉水鸭头绿，恰似葡萄初发醅"的碧绿江水"零距离"接吻，自然天成为"青山绿水"胜景。宋代诗人苏轼在《万山》诗中写道："西行度连山，北出临汉水。汉水蹙成潭，旋转山之趾。……月炯转山曲，山上见洲尾。绿水带平沙，盘盘如抱珥。"襄阳籍田园诗人孟浩然曾坐于万山边的磐石上钓鱼，怡然自得地咏出了"垂钓坐磐石，水清心亦闲"的千古名句。这在古城襄阳的诸山中仅此一峰，独具风韵。

其三，万山壁立江边，拔江而起，高耸兀立，悬崖嶙峋。伫立崖边向北眺望，天宽地阔，大气磅礴。远看，大江浩荡东去，渔帆点点；近处，无垠沙洲如茵，绿意盎然；俯视壁下，绿波荡漾东流，江碧峰青。孟浩然登万山写有一首非常著名的《秋登万山寄张五》（张五，字子容，时隐居在岘山近旁的白鹤山）的诗："北山白云里，隐者自怡悦。相望始登高，心随雁飞灭，愁因薄暮起，兴是清秋发。时见归村人，平沙渡头歇。天边树若荠，江畔舟如月。何当载酒来，共醉重阳节。"盛唐时期孟浩然登万山，居高临下，为我们描摹了这样一幅清幽淡雅的水墨画，在文明发展到当代的今天，登临万山之巅，屹立绝壁江边，当属居高鸟瞰襄樊二城美景，观赏汉江飘逸风姿的最佳位置，令城南诸山汗颜莫及。

其四，万山清秀飘逸，美如秀女。其主峰悠然引颈高耸如秀女之首，自主峰以下面向汉江，分别向东北和西北逶迤徐下至汉江边，形成一个大写的"人"字，活脱出一个坐姿秀女的两只手，戏玩江水；又如仰卧秀女，头枕柳子山，脚蹬汉江水，尽情享受这自然之美。且万山面积达1500余亩，森林茂密，植被丰厚，"美女说"自古有之。曾巩在《万山》诗中说："万山临汉皋，峰岭颇秀发。"万山临近汉皋台（现安定医院以南台地），万山主峰的树林如少女的秀发一样舒展美丽。并说："缥缈出烟云，清明动毛发。留连到归时，长见西林月。"万山缥缈氤氲如烟云一般，满山的树林，颇如少女的秀发，随风拂动，令人流连忘返，及至归去时，已是月挂树梢的时分。

自然仙境，自然是神的故乡，自然会孕育出许许多多的神话故事。万山是一座神话名山，与之相联系的最著名神话有"神女弄珠"和"汉江女神"的故事。

"神女弄珠"是中国古代典籍中最早而又最为迷人的浪漫爱情故事。据《南都赋》注引《韩诗内传》载：春秋时，郑国大夫郑交甫出使楚国，"遵彼汉皋台下，乃遇二神女，佩两珠，大如荆鸡之卵。"他不知二女是汉江女神，便上前挑逗，索要佩珠，二女含笑不语，解下佩珠相赠。郑交甫喜不自禁，接过宝珠，襟于怀中，趋行数十步，回望二女，杳无踪迹，伸手探怀，已失佩珠，方悟遇到了汉水女神，不禁怅然。又据明万历《府志》载："万山之西有曲隈，为解佩渚，乃郑交甫遇神女处。"关于此汉江二女神，其身世可上溯到《帝王世纪》中周昭王伐楚，返汉江时，楚人献胶胶之船，船之中流，胶解而溺昭王，他的两位侍女延娟、延娱"夹拥王身，同溺于水"，化为神女。其时当上推到公元前977年，流传至今，已近3000年了。比隆中山因诸葛亮隐居而成名早1190多年，比岘山等城南诸山出名早1240多年，比鹿门山出名也应早1080多年。且由于"神女弄珠"的神话故事发生在万山，并涉及到人神之爱，因而成为中国文化史上最为著名的浪漫风景，引来历代无数文人学士游览踏访，流连歌咏，成为中国文化乃至华夏文化史上最为瑰丽的一页。

一生好入名山游：诗词中的山川风景

还应追溯的是，因延娟、延娱"夹拥王身，同溺于水"和"神女弄珠"的浪漫故事，在万山曾产生过一个可与"七夕节"媲美、甚至更为和谐浪漫的"穿天节"，完全可以申报国家非物质文化遗产，这在襄樊，乃至湖北是绝无仅有的，如能恢复，将令国人艳羡和着迷。

除"神女弄珠"故事外，在中华大地尽人皆知的"王莽追刘秀"的故事，以及刘备、关羽、张飞"三顾茅庐"时在万山主峰向西眺望隆中山并幻化为三块巨石（俗称"三义石"）的故事，也发生在万山。

万山是上苍着意降临在汉江边上的一颗璀璨夺目的明珠；万山是大自然馈赠给襄阳人民的一件丰厚无比的厚礼，让在襄阳这块大地上繁衍生存的世世代代子民尽情享受这自然之美。

太乙近天都，连山到海隅
——天下第一福地

终南山

王维

太乙近天都，连山到海隅。

白云回望合，青霭入看无。

分野中峰变，阴晴众壑殊。

欲投人处宿，隔水问樵夫。

终南山，又名太乙山、地肺山、中南山、周南山，简称南山，是秦岭山脉的一段，西起武功，东至蓝田，千峰叠翠，景色优美，素有"仙都"、"洞天之冠"和"天下第一福地"的美称。主峰位于周至县境内，海拔2604米。包括翠华山、南五台、圭峰山等。终南山峻拔秀丽，如锦绣画屏、耸立在西安市之西南。

终南山为道教发祥地之一。据传，周康王时，天文星象学家尹喜为函谷关关令，于终南山中结草为楼，每日登草楼观星望气。一日忽见紫气东来，吉星西行，他预感必有圣人经过此关，于是守候关中。不久一位老者身披五彩云衣，骑青牛而至，原来是老子西游入秦。尹喜忙把老子请到楼观，执弟子礼，请其讲经著书。老子在楼南的高岗上为尹喜讲授《道德经》五千言，然后飘然而去。传说今天楼观台的说经台就是当年老子讲经之处。道教产生后，尊老子为道祖，尹喜为文始真人，奉《道德经》为根本经典。于是楼观成了"天下道林张本之地"。

自尹喜创楼观后，历朝终南山皆有所修建。秦始皇曾在楼观之南筑庙祀老子，汉武帝则在说经台北建老子祠。魏晋南北朝时期，北方名道云集楼观，增修殿宇，开创了楼观道派，进入唐代，因唐宗室认道教始祖老子为圣祖，大力尊崇道教，特别是因楼观道士岐晖曾赞助李渊起义，故李渊当了皇帝后，对楼观道特予青睐。武德（618－626年）初，修建了规模宏大的宗圣宫。当时主要建筑有文始、三清、玄门等列祖殿，还有紫云衍庆楼和景阳楼等，成为古楼观的中心。以后历代虽时有修葺，但屡遭兵燹，至清末，宗圣宫仅存残垣断壁，一片废墟。此后，楼观的中心便转移到了说经台。新中国成立后，对古楼观进行了多次修葺，形成了以说经台为中心的建筑群。

说经台主要殿堂有四个，即老子祠、斗姥殿、救苦殿和灵宫殿。配殿有二，即太白殿和四圣殿。山门两侧有钟、鼓二楼，对峙相望。山门前，有石阶盘道，蜿蜒而至台顶。山门西侧不远处有一石砌泉池，名为上善池，内有一石雕龙头终年吐水不断。相传元至元二年（1283年），周至地区发生瘟疫，无药可医，死者无数。当时楼观台的监院张志坚，晚上作了个梦，梦见太上老君告诉他说："山门前有块石板，石板下有泉水一眼，泉内有吾炼就之丹药，可治民疫。"张监院醒来后觉得很奇怪，就命小道士在山门前寻找，果然在西边的石板下，挖出一泉。张监院忙令人取水给患时疫的道士饮用，两个时辰后疫病神奇地痊愈了。消息传出后，远近百姓都来取水治病，时疫遂退。三年后翰林学士赵孟頫来此游览，闻听此事十分惊奇，遂索纸笔大书"上善池"三字，取《道德经》"上善若水"之意。如今每逢庙会，香客仍争饮此水以祛病延年。

说经台南面峻峰上，有一座八卦形的炼丹炉，传为老子当年炼丹所用。台的东南方有一个"仰天池"，传为老子当年打铁淬火的水池。池的附近有老子修真养性的"栖真亭"。台的西边有化女泉，是老子教训弟子徐甲之处。传说老子西游途中将一具白骨点化成英俊少年徐甲，抵达函谷关后，老子将七香草点化成美女考验他，徐甲经不住诱惑，刚要有所动作，被老子用手一指，立即现出白骨原形。幸有尹喜为其求情，老子方又点化白骨为徐甲，并用拐杖怒触地面，美女遂化成一眼清澈的泉水。此泉清洌，至今尚可饮用。台的东北方有一座老子墓，墓为椭圆形，冢方四米，占地二十平方米，墓前有清代毕沅书"老子墓"碑石。

说经台北二里处为宗圣宫遗址。临观遗址，首先映入眼帘的，便是9株历经千年仍然翁郁青翠、苍劲挺拔的古柏。当地群众尊称为"楼观九老"。其中有一棵树传为老子当年系牛所用，被称为"系牛柏"。树下留有元代所刻石牛一头。西南隅有三棵树，树上结瘿酷似三只昂首展翅、活灵活现的苍鹰，被人们称之为"三鹰柏"。

楼观台留存有不少珍贵的碑刻，如唐代欧阳询撰书《大唐宗圣观记碑》、载隶书《灵应颂》、苏灵芝行书《唐老君显见碑》、员半千隶书《唐宗圣观主尹文操碑》、宋米芾行书《第一山》、苏轼行书《游楼观台题字》；元赵孟頫隶书"上善池"碑等。当然，最有名的还是高文举所书《道德经》碑两通。其字体介于石鼓文和大篆之间，书法劲力苍古，风格绚丽，近看是字，远看如花，字字珠玑，如梅花初放，被后人誉为"梅花篆字碑"。两通碑侧各有七个冷僻的字，为一般《字典》所不载，据称为老君十四字养生诀，其意为"玉炉烧炼延年药，正道行修益气丹"。

古人云："关中河山百二，以终南为最胜；终南千里茸翠，以楼观为最佳。"终南山楼观台以其悠久的道教历史、动人的神话传说和众多的文物遗迹，吸引着古往今来的信士游客。

翠华山位于西安以南23公里处的秦岭北脉，是终南山的一个支峰，海拔1500米，号称南山之冠。翠华山高峰环列，峭壁耸立，险不可攀，秀美的湖光山色和其国内罕见的山崩地貌使翠华山以"终南独秀"和"中国地质地貌博物馆"著称。

翠华山旅游景区由碧山湖景区，天池景区和山崩石海景区三部分组成。著名景致有：双瀑飞虹、盘道红叶、鹰崖珠帘、玉安松涛、翠湖明珠。这块终南山的游览胜地上，汉唐两代曾建过太乙宫和翠微宫，是历代帝王祭祀神仙和游乐避暑之所。以奇峰异洞、清池古庙著称。主要景点有太乙池、风洞、冰洞、翠华庙等。

翠华山中有一天然水池，称"天池"，又称"太乙池"或"龙移湫"，池水面积约5万平方米，据史料记载为唐天宝年间的一次地震，山峰突然崩裂，坚硬的花岗岩石顺坡下滑，填塞山谷，积水成湖，故又名山崩湖，湖水碧波荡漾，清澈见底，山影倒映池中，给人以山中有水，水中有山之感觉，景色十分优美，池中备有游艇，可供旅游者划船，泛舟池中，尽情地享受着大自然的情趣，其乐无穷。这里风景优美，清雅幽静，为西安远郊夏日避暑，游览胜地。

太乙池之西的风洞，高 15 米，深 40 米，由两大花岗岩夹峙而成。洞内清风习习，凉气飕飕，故称风洞。风洞之北的冰洞，虽盛夏亦有坚冰，寒气逼人。现在，山中有一正岔水库，泻水时飞瀑倾流。由山下望去，素练悬空，气势磅礴，亦成一景。每年农历六月初一至初三，翠华庙前皆有庙会。这时，游人如潮，十分热闹。

南五台青翠峭拔，富产药材，古人称它为终南神秀之最。山顶有观音、文殊、清凉、舍身、灵应 5 峰，俗称南五台，以观音台最著名。宝泉位于山腰，形如美玉，味似甜蔗，为品茗休憩之佳地。独松阁亦位于山腰，因阁中有一株古松，故得此名。阁周鸟语花香，景色如画，为览胜之佳地。观音台又称大台，位于独松阁之上，有隋国光寺遗址。此台视角开阔，北眺八百里秦川，令人胸襟为之一开，心旷神怡。

圭峰山俗称尖山，包括紫阁、大顶、凌云、罗汉诸峰，峭立挺拔，形如圭玉，故称圭峰山。主要景点为高冠瀑布。瀑布位于圭峰山北坡，落差超过 20 米，急流飞溅，直下深潭，响声如雷。唐岑参有诗云："岸口悬飞瀑，半空白皑皑。喷壁四时雨，傍村终日雷。"这是高冠瀑布真实而形象的写照。瀑布上游巨石突兀，环绕而成一潭，称车厢潭。潭清见底，细石如鳞，历历可数，为寻幽探奇之佳地。瀑布下游流势平缓，形成一湖。水面波平如镜，湖周青山似屏，为嬉戏野营之佳地。

相看两不厌，只有敬亭山
——江南诗歌之山

独坐敬亭山

李白

众鸟高飞尽，孤云独去闲。

相看两不厌，只有敬亭山。

敬亭山位于宣城市北郊 5 公里的水阳江畔。原名昭亭山，晋初 266 年为避晋文帝司马昭名讳，改称敬亭山，属黄山支脉，东西绵亘百余里，大小山峰 60 座，主峰名一峰，海拔 317 米。周围 60 余座山头如百鸟朝凤，似众星捧月簇拥在一峰周围。敬亭山虽不高，但在此丘陵地带拔地而起，远看满目青翠，云漫雾绕，犹如猛虎卧伏；近观林壑幽深，泉水淙淙，显得格外灵秀。它不追"五岳"之雄奇，不纳"四佛"之烟火，但自有清丽时俏之容，风流不绝之趣。南齐诗人谢朓《游敬亭山》诗有："兹山亘百里，合沓与云齐，隐沦既已托，灵异居然栖。"的描绘；唐代李白先后 7 次登临，留有"相看两不厌，只有敬亭山"的盛赞。横亘着风景秀丽的敬亭山，这是一处被人们誉为"千古诗歌之山"的好地方。

随着谢李诗篇的传颂，敬亭山声名鹊起，直追五岳。

继谢李之后，白居易、杜牧、韩愈、刘禹锡、王维、孟浩然、李商隐、颜真卿、韦应物、陆龟蒙；宋代苏东坡、梅尧臣、欧阳修、范仲淹、晏殊、黄庭坚、文天祥、吴潜；元代贡奎、贡师泰；明代李东洋、汤显祖、袁中道、文征明；清代施闰章、石涛、梅清、梅庚、姚鼐等。相继以生花之笔，为敬亭山吟诗写赋，绘画做记，寄情山景，抒发胸怀。据初步统计，历代咏颂敬亭山的诗、文、记、画数以千计，被称之为"江南诗山"，饮誉海内外。

敬亭山还以茶闻名，早就有了采茶的文字记录。

名山名茶，历来相得益彰，安徽三大名茶之一"敬亭绿雪"就产于敬亭山。所以敬亭山上到处可见大片的茶场，成为敬亭山可圈可点的风光。

敬亭绿雪为我国历史名茶，名于明代，曾为贡茶。"敬亭绿雪"有个美丽的传说：古时敬亭山下有位绿雪姑娘，她心灵手巧，制出的茶香如兰花，开汤后杯中白毫如雪花纷飞，杯顶如见祥云升腾。后来，城里一个恶霸看上了绿雪姑娘，抢了她的茶园并要霸占绿雪姑娘，姑娘坚贞不屈，纵身跳下山崖。人们为纪念她，遂把敬亭山茶改为"敬亭绿雪"。

初春艳阳，春波淡淡。矗立眼前的敬亭山石门坊上，刻有楚图南的题字和李白、陈毅的诗作。穿过门坊，但见尊身挎剑、仰望青天、气韵非凡的李白塑像静立在昭亭湖畔。沿着林荫小道，直达双塔风景区，这对幸存的北宋古塔，好似两个忠诚的卫士。由双塔而上，穿过梨园、桃林，由古坊拾级而上，步完竹海小径，山中道路崎岖，盘错的树根，纵横的丫枝横拦着山道，掩映在古藤老树中的"绿雪茶社"飘出阵阵清香。盘山而上，登临太白独坐楼。登山途中，姹紫嫣红的杜鹃花团团簇簇隐约于山崖间，美极了。登上山顶，极目四眺，东北方的南漪湖烟波浩渺，水天共色，山下水阳江蜿蜒曲折，百舸争流；南望江城如画，烟市风帆；北瞰田畴一片"一览无际"。

山中并无独特景点。有翠云庵一座、虎窥井一口，均始建于盛唐。再向上四十米处，即是敬亭山之灵魂——太白独坐楼。庐山有险峰，黄山有奇松，都是以天下绝景著称于世。而敬亭山，则有太白独坐楼。这是一种独特的人文景观，是精神洋溢的精神圣境。

当游人少憩于"太白独坐楼"，环顾四周，俯瞰天地时，感觉到灵魂渐渐地从尘风俗雨中超脱出来，在这远离浮躁的圣灵之地，冉冉升华，不断地向上……

在这样一个时刻，或许应该跳跃、舞蹈、呐喊、放歌，尽情释放心中的郁闷、压抑、悲怆和痛楚；在这样一个时刻，应该一个人静静独坐，纵览春光葳蕤的敬亭山，谛听彩云与山峰恋人般的絮语，渴饮山霖、饥餐秀色。什么也不要想，什么也不要做。任何的痴心妄想，任何的轻举妄动，都是对诗意的破坏、对圣灵的亵渎。

进山不久，就能看到"古昭亭"，这个牌坊年数比较久远，透着古朴，刻着岁月。穿过古昭亭坊，错落有致、疾缓有度的石径引领着我拾级而上，一路上鲜见人影，惟有自己鞋跟敲击石板的声音伴随，仿佛步入了萧疏的野景。让你第一次体会那种"喧嚣遁尽，只有山，只有你自己"的感觉。

石阶的两旁是千杆竹林，苍翠连绵。穿越竹海小径，聆听莺转燕啼，心中的浮躁便烟消云散了。在幽幽竹林深处，玉真公主的雕像通体浑白，手持书卷，临风而立，裙裾飘扬。

传说这玉真公主是诗仙的红颜知己，那是李白与玉真公主的倾情相恋，却因玉真公主的红颜薄命而无缘共结连理。一个是浪漫的诗仙、一个是痴情的公主，他俩在这敬亭山的云海林涛中，演绎了一段虽然短暂却千古流传的爱情故事。这是一种独特的人文景观，是爱情洋溢的精神圣境。引诗仙七上敬亭，叫世人无限遐想。

皇姑泉，又名相思泉。碑记："玉真公主感李白的祭悼，引此泉为李白煮酒烹茗。"虽汩汩的泉水并未见到，但此泉无疑将诗仙和皇姑的爱情故事又一次演绎和引申。

皇姑泉旁小石桥。站在小石桥上，想象汩汩的泉水在脚下流淌，让远古凄美的爱情故事激起心中的一份感动。

翠云庵，位于敬亭山腰，初名卜静室，元末毁，明重建，斑驳的墙体诉说着历史。传说中玉真公主皈依遁身于此。

敬亭山，没有黄山之秀、没有泰山之雄、庐山之险，也没有珠峰之伟，却独具小家碧玉一般娴静、优柔之美。每一块石每一株树、每一棵草每一朵花，都诗意地保持着原生静态之美，是如此的摄人心魄，令人痴迷。

如同横亘此峰的诗仙李白一样，独坐于太白楼，如痴似醉，物我两忘。李白已独坐千年，忘情地凝视着敬亭山。青山无语，含情相望。任千年又千年，相看两不厌！

曾经沧海难为水，除却巫山不是云
——夔门天下雄

离 思

元稹

曾经沧海难为水，除却巫山不是云。

取次花丛懒回顾，半缘修道半缘君。

巫山，位于重庆市东北部，三峡库区腹心，是游览长江三峡的必经之地。东邻湖北省巴东县，西接奉节县，南与湖北省建始县毗连，北与巫溪县及神农架林区接壤。县境东西最大距离 61.2 公里，南北最大距离 80.3 公里。总面积 2958 平方公里。耕地面积 40274 公顷，巫山历史悠久，古迹纷呈，资源丰富。早在 204 万年前"亚洲最早的直立人——巫山人"就在这里生息繁衍。

巫山自然风光独树一帜，闻名中外的长江三峡，巫山就拥有巫峡的全部和瞿塘峡的大部。巫山以幽深秀丽擅奇天下，峡深谷长迂回曲折，著名的"巫山十二峰"屏列大江南北，尤以神女峰最秀丽。山中那云雨之多，变化之频，云态之美，雨景之奇，令人叹为观止。唐代诗人元稹传之千古的绝唱"曾经沧海难为水，除却巫山不是云"就是对长江三峡巫山那万古不衰的神韵和魅力的概括。巫山"三台八景"笼罩着神秘的色彩。"三台"是授书台、楚阳台、斩龙台。"八景"是南陵春晓、夕阳返照、宁河晚渡、清溪渔钓、澄潭秋月、秀峰禅刹、女贞观石、朝云暮雨。

最负盛名的就是巫山十二峰，巫山十二峰分别坐落在巫峡的南北两岸，是巫山最著名的风景点。它们上干云霄，壁立千仞，下临不测，直插江底；山中云雾轻盈舒卷，飘荡缭绕，变幻莫测，为它们平添了几分绰约的风姿；而流传至今的种种美丽的神话传说，更增添了奇异浪漫的诗情。"可见巫山云雨乃是天下云雨之冠了。"十二诸峰绮丽如画，姿态万千，古往今来，擅奇天下。"放舟下巫峡，心在十二峰"这两句古诗词道出人们对十二峰的倾慕之情，其中神女峰的秀美身姿更是吸引了众多游客的眼光。

江北六峰有：登龙、圣泉、朝云、神女、松峦、集仙。

登龙峰，海拔 1130 米，位于县城东 15 公里处横石溪西侧。其山之高处，像一个昂首向上的龙头。"龙头"后的山势，又似起伏的龙身。逶迤三十里，气势雄伟，层叠而起，似一条长龙跃跃欲飞，疑上九天。彩云缭绕，长龙仿佛在空中狂舞，壮观之极。清朝诗人沈鸿逵写诗赞美登龙峰云："极目层峦似卧龙，就中高处彩云丛。"

圣泉峰，海拔 870 米，位于巫山县横石溪东侧与登龙峰各踞东西。也有古诗赞云："止水一泓澄道岸，飞流万派浸书田。"在其错落参差的山势中，有一个形状像狮子且狮子头向西的山包。前面有一块银白色的光洁岩石，如同一块银牌挂在"雄狮"的颈上，当地人称之为："狮子挂银牌。"峰下有一股长流不断的清泉，味道甜美清冽。泉水随山势而下，亮若飞虹。山以泉命名，称为"圣泉峰"。

朝云峰，海拔高度 820 米，位于江北的箭穿峡口，其峰势宏阔。每天清晨，日出之前，峰顶氤氲缥缈；日出之时，彩云环绕，时聚时散，变幻出各种图景，仿佛仙山，因而得名"朝云峰"，最妙的是云光彩霞。可领略到"除却巫山不是云"的神奇景色。古人咏此峰时写到："看山可以咏今朝，最爱云峰在碧霄。不羡夕阳成彩笔，露浓五色半岩浇。"说出了朝云峰的云雾之奇。

神女峰又名望霞峰、美人峰。位于巫山县城东约 15 公里处的大江北岸。一根巨石突兀于青峰云霞之中，宛若一个亭亭玉立、美丽动人的少女，故名神女峰。关于神女峰，古代文学作品中曾想象巫山有朝行云，暮行雨的神女。古人有"峰峦上主云霄，山脚直插江中，议者谓泰、华、衡、庐皆无此奇"之说。另外，还流传有一段"神女导航"的神话。神话中说：古时候，西王母的小女儿瑶姬，腾云来到巫山上空，看到一群孽龙在天空殴斗，骚扰百姓。她便停了下来，击毙孽龙，为民除害。后又派人帮助大禹凿开三峡，疏通河道，并且自己留下来为行船导航，最后就化成了神女峰。她日日夜夜俯视着江面，第一个迎来朝霞，又最后一个目送晚霞而去，故名"望霞峰"。

松峦峰，海拔高度 820 米，位于巫峡北岸、紧挨神女峰东侧。峰顶成圆形，苍松环盖，枝叶茂盛，形状像帽盒，又称帽盒峰。松峦峰以松盖峦得名，昔日古松遍地，莽莽苍苍，一片林海。当遇到风起时，林涛阵阵，如潮如浪。人入其中，犹如置身惊涛骇浪的大海。若遇明月当空，松林静穆，归鸟倦睡，又有一番恬静的悠闲，如登仙界。古人作诗颇多，赞美此峰胜景。其中一首写道："节彼层峦翠万重，何年蟠结几株松。苍烟日午高冲雁，老干春深欲化龙。啸雨半空声谡谡，吟风长峡韵淙淙。岁寒劲节历千古，不羡桃园挹露浓。"赞美了古松遒劲耐寒的气节和松林的气势。

集仙峰，海拔高度840米，位于巫峡北岸，紧靠松峦峰东侧。峰高入云，峰顶石林环列，参差矗立，如一群神仙相聚，故名集仙峰。又因峰顶自然分开一叉，恰似一把张开的剪刀，又称剪刀峰。集仙峰的独特之处在于峰高峥嵘，石林环绕，极像九天众仙相聚之状。相传每年八月十五月明时，峰上有丝竹之声，猿鸣达旦，好像天宫古乐飘飘，猿啼鹤鸣，一派仙风道骨之景。峰旁因雨水长期侵蚀切割，形成深沟，更使峰势挺拔突出，直插云霄，又增加了它的神秘感。正如诗人描写的那样："维石岩岩降列仙，置身高近五云边，不于蓬莱消灵蜕，来共巫峰证旧缘。"诗句惟妙惟肖地展现了集仙峰的美景。

江南六峰的净坛、起云、上升隐于岸边山后，只有飞凤、翠屏、聚鹤可见。

飞凤峰，与神女峰隔江相望，这是道东西走向的山梁，其形象如同一支正在饮水的凤凰，那伸入水中的山岩，如同凤凰的嘴，而两侧的山脊则是凤凰的翼。传说飞凤峰是神女来三峡给大禹导航时的坐骑化成的山峰，因为神女在北岸化作了美丽的山峰——美人峰，凤凰就在对岸化作了飞凤峰，头伸进江中饮水待命。可日久天长，凤凰看见神女每天早晨第一个迎来朝阳，满身金灿灿漂亮极了，又是最后一个送走晚霞，更是美轮美奂，风采无比。凤凰自己在南岸沐浴太阳的机会实在是太少了，要知道，凤凰是最喜欢太阳的呀。神女却只让它守候在那里，没办法，凤凰只好偷偷地把头伸进江心一个劲往对岸长，想爬到神女身边沾点太阳的光辉。凤凰的头就这样慢慢长长了，这段时间里过往的船只只好单行道航行。转眼间又一个千年过去了，眼看凤凰的头就要拦住河道了，怎么办呢？巫峡上下再也过不了船只，神女就暗示人们就用煤炭堆在凤凰的头上使劲的烧，等到七七四十九天后，凤头被烧痛了，就向后缩了回去一节，人们才能勉强驾船过巫峡。后来人们就在凤凰的头顶上建起了一座神女庙，感谢神女的恩德。飞凤峰是船过巫峡的最大的难关，解放后政府在上面建立了信号台，时时提醒过往船只注意安全。不过三峡蓄水后，它的头将永远沉入江底，江面也扩大了一倍，再也影响不到航道安全了。

　　翠屏峰，巫山十二峰之一，海拔高度740米。位于江南岸，青石小镇的后面。东连聚鹤峰，西邻飞凤峰，北望神女峰。此峰突起于缓缓山坡之下，漫山苍翠，郁郁葱葱，超然卓立，形如一道绿色的大屏风。因此得名翠屏峰。关于翠屏峰的美丽，也有历代诗人咏唱赞颂。其中一首较为典型："巫山四面屏无二，却望东南欲滴翠。碧色分明云母光，清辉掩映琉璃器。"很形象地描绘了翠屏峰苍翠欲滴、五色斑斓的图画般景色。

　　聚鹤峰，海拔高度820米。位于翠屏峰东面，峰顶怪石嵯峨，四时松杉茂密，长青不败。传说夜间有千百只白鹤聚集在此峰，故取名聚鹤峰。这些白鹤朝而往，暮而归，形成三峡的又一胜景。每当明月星稀或凄风冷雨之时，白鹤引颈长啸，与猿啼接应，是最销魂断肠的场景，使无数游子过客洒泪沾襟，思乡不已，产生了一种感伤。有诗曾经这样描绘此峰："猿声巫峡愁漂泊，别有高峰招野鹤。松径兰崖任往还，雪翎砂顶相依托。"这诗刻画了聚鹤峰的景致和表达了游聚鹤峰的心情。

巫山十二峰除峰形秀丽多姿外，变幻莫测、来去无踪的巫山云雨也大大增添了它们的神秘色彩。峡区山高谷深、蒸郁不散的湿气，沿山坡冉冉上升，有时形成浮云细雨，云雾之中，有时化作滚滚乌云，有时变成茫茫白雾。十二峰时隐时现，疑似仙境。

巫山名胜，迷人八景；绿水青山，暮雨朝云。气象万千之自然造化，心旌神摇之人文景观。清澈之泉水，幽静之桃源，远古之遗迹，皎洁之月光，点缀于神奇美妙之巫山，凝聚为美丽怡人之八景。

南陵春晓，巫山城对岸之南陵山，山势巍峨，卉木丛生，山顶有古南陵观。每到春季，环绕古观之山野，信风初唤，桃红梨白，百花斗艳，飞瀑流湍，春意盎然。

夕阳返照巫山八景之一，在县城对岸南半山腰，巫峡口南岸上，这是一种阳光返照现象，景致十分美丽。每当夕阳西下，晚霞满天时，由于峡谷四周高山耸立，背阳之处，光被全遮，四周一片薄暮景象。这时，唯有杨柳坪一带，红霞一线，日光一派，返照之地一片光明，景中山川村舍，绿树茂草仍然沐浴在阳光之中。正应了"山爱夕阳时"的诗句，因此，被命名为"夕阳返照"。清代有诗赞云："大江高岸日西驰，霞映南峰反照时。五色似飞还似住，九光将合却将离。平升洲畔分鸦背，遐举冈前灿凤枝。每爱山阴道上过，此间丽景想同知。"此诗最是精妙地描绘了夕阳返照的景致。

宁河晚渡位于巫山城东之象鼻山下，碧绿清澈之大宁河水，缓缓流入长江，天朗气清，每至日暮，霞光灿烂，烟雾横江。《巫山县志》有诗云："千条白练罩江边，无数歌声透晚烟，棹到中流真知在，浑如天上坐春船。"

青溪渔钓，巫山城南有美丽之青溪，青溪下游十里处，一山涧小溪流入长江，溪边绿竹夹洞，半露桥石，流水潺潺，环境幽静，乃垂钓之绝佳之境。孤舟蓑笠，荣辱云烟，桃源归去，鱼乐悠然。

澄潭秋月在大宁河东岸，有潭阔数丈，深千尺，清澈见底。凡临秋季，月光如练，潭面如镜，倒映明媚之秋月，宛若水中之仙。

秀峰禅刹。巫山城东北之五凤山有秀峰寺，明代时曾建有殿宇，周围苍树翠柏，烟云鸟语，婉转不绝。至身其间，心旷神怡。

女观贞石坐落在巫山城北四里之遥女观山上，一石耸立，状如人形。相传昔有妇人，其夫宦蜀，一去不归，思夫心切，登山遥望，日久化石，故名望夫石。古往今来，望夫石朝朝暮暮，立于山巅，凝视天边。

朝云暮雨在巫山城西之高都山上，原有阳台古址。乃宋玉所作《高唐赋》中，楚襄王梦断巫山云雨，巫山神女降临之仙境。阳台古址上，旧有古代殿宇高唐观，每至日暮，烟雾凝结，云霞迷离。

八景汇成一首诗：宁河青溪水静流，阳台春晓荡清幽。夕霞秋月横翠黛，秀峰贞石万古忧。

三山半落青天外，二水中分白鹭洲
——神秘凤凰山

登金陵凤凰台

李白

凤凰台上凤凰游，凤去台空江自流。
吴宫花草埋幽径，晋代衣冠成古丘。
三山半落青天外，二水中分白鹭洲。
总为浮云能蔽日，长安不见使人愁。

"凤凰台"在金陵凤凰山上，相传南朝刘宋永嘉年间有凤凰集于此山，乃筑台，山和台也由此得名。在封建时代，凤凰是一种祥瑞。当年凤凰来游象征着王朝的兴盛；如今凤去台空，六朝的繁华也一去不复返了，只有长江的水仍然不停地流着，大自然才是永恒的存在！

三国时的吴和后来的东晋都建都于金陵。诗人李白感慨万分地说，吴国昔日繁华的宫廷已经荒芜，东晋的一代风流人物也早已进入坟墓。那一时的显赫，在历史上留下了什么有价值的呢？

诗人并没有让自己的感情沉浸在对历史的凭吊之中，他把目光投向了大自然，投向那不尽的江水："三山半落青天外，二水中分白鹭洲。""三山"在金陵西南长江边上，三峰并列，南北相连。陆游《入蜀记》云："三山，自石头及凤凰山望之，杳杳有无中耳。及过其下，距金陵才五十余里。"陆游所说的"杳杳有无中"正好注释"半落青天外"。李白把三山半隐半现、若隐若现的景象写得恰到好处。"白鹭洲"，在金陵西长江中，把长江分割成两道，所以说"二水中分白鹭洲"。这两句诗气象壮丽，对仗工整，是难得的佳句。

但诗人毕竟是关心现实的，他想看得更远些，从六朝的帝都金陵看到唐朝的都城长安。长安是朝廷的所在，日是帝王的象征。陆贾《新语·慎微篇》曰："邪臣之蔽贤，犹浮云之障日月也。"李白这两句诗暗示皇帝被奸邪包围，而自己报国无门，他的心情是十分沉痛的。"不见长安"暗点诗题的"登"字，触境生愁，意寓言外，饶有余味。

相传李白很欣赏崔颢《黄鹤楼》诗，欲拟之较胜负，乃作《登金陵凤凰台》诗。《苕溪渔隐丛话》、《唐诗纪事》都有类似的记载，或许可信。此诗与崔诗工力悉敌，正如方回《瀛奎律髓》所说："格律气势，未易甲乙。"在用韵上，二诗都是意到其间，天然成韵。语言也流畅自然，不事雕饰，潇洒清丽。作为登临吊古之作，李诗更有自己的特点，它写出了自己独特的感受，把历史的典故，眼前的景物和诗人自己的感受，交织在一起，抒发了忧国伤时的怀抱，意旨尤为深远。

凤凰台，又称井台山，是京东大峡谷旅游区的两大旅游区之一，乃大峡谷东侧峰顶，海拔 800 米。因其顶平阔如台，又有一井，井水甘洌如泉，故名。凤凰台松林茂密，树盖遮荫，遍岗山珍，空气清新，可谓天然氧吧，是绝佳的生态游览之地。

凤凰台台分3级，上奉古佛，下祀龙神。台基有一四柱四角方亭，单檐歇山顶，围以护栏。亭之四面横梁分悬四匾，名曰："中流砥柱"、"凤凰时雨"、"有凤来仪"、"凤台时雨"。台基中层下面镌有"祺水止此"字样，台基顶层正面阴刻"凤凰台"3个大字。"凤凰时雨"描写的是这里在夏季乍雨乍晴，千变万化的奇观。每当天高气爽，游人到此凭台眺望，回见碧空万里，白云悠悠。远观凤凰群峰，绵亘不断，高接云天；近眺金山，葫芦山、笔架山，三山五城；穿桥南来的江水至台边分为二流，一如唐诗中"三山半落青天外，二水中分白鹭洲"的景象。每逢韩江水涨，洪流对着广济桥奔腾而来冲击台基，白浪飞溅，状似朵朵雪花。待到水落平沙，南望远近村落，炊烟缕缕，田野碧绿，果树垂枝，一幅丰收的图景。

凤凰台四季景致各有不同，春时山花烂漫，杏花弥香；夏时清风和煦，爽利畅怀；秋时万山红遍，层林浸染；冬时白雪皑皑，踏雪寻梅。四季所见所闻所感迥然不同，又各有其妙。

夏日登台，又别有一番景致，清风习习，暑气全消。在那乍晴乍雨的时节，江上奇景，千变万化，有时薄雨疏疏，韩江水面轻烟淡淡，帆影迟迟；远眺广济桥，烟雨濛濛，车水马龙，宛如海市蜃楼；仰视笔架山巅，轻云渺渺。高楼耸立，赛似蓬莱仙山。晴天烈日，时雨骤降，好似万斛银珠，从天抛洒，阳光辉映雨点，又如千幅珠帘凭空摇荡，令人流连忘返，心旷神怡。

山缆车将井台山与大峡谷连为一体，大峡谷峡险幽深，井台山高耸连云，有联赞曰"探险谷感受神秘清幽，登高峰尽览千山万壑"，游后，自觉联语之佳妙。

凤凰台有五大绝景：松涛如曲，凤凰台松林千亩，翁翁郁郁。山高风自凉，林中穿行，耳边自觉松涛阵阵，有时如古韵琴声，有时如小溪潺潺，有时如旷野放歌，有时如浊浪排空，四时不同。松林如毡，在井台山松林之下厚积松针，如毯似毡。于其上或坐或卧或立或行，情趣顿生，自得天人合一，融入自然之奇妙。杏花如雪，凤凰台有杏林 500 余亩，花盛之时，远望如阳春之白雪，凤凰台则沁人心脾，花海中蜂蝶共舞，自是一番陶然之趣。登高眺远，凤凰台古有观景台五处，立于其上，极目四望，激情豪迈。或可观千山万壑，层峦叠嶂；或可观万顷田畴，袅袅炊烟；或可观险崖绝壁，流水平湖；或可观满目苍绿，山花烂漫。长城古韵，凤凰台存原始古长城，蜿蜒逶迤。抚今追昔，顿感历史之苍凉悲壮，可闻金戈铁马之余音。

凤凰台地下是一处龙山、商周时期的文化遗址，文化堆积十分丰厚，1985 年公布为济宁市重点文物保护单位，2006 年被省政府公布为省级重点文物保护单位。1986 年，中国社会科学院考古领队培训班在此进行了实地考古发掘，出物近 300 件文物，现存在省考古所。

东配殿供奉送子观音，慈眉善目、和蔼可亲，表现出观音菩萨悲悯众生、救苦救难、情满人间的大慈大悲精神。山门内塑"四大天王"，表示护持佛法、庇佑众生、风调雨顺、国泰民安。西殿供奉伽蓝菩萨，威严肃穆，是佛教中著名护法神。

另外，大殿彩塑壁画，内容丰富、造型逼真，人物栩栩如生，极具可观性，内容为：释迦牟尼降生、长大、出家、成道，直至弘法、涅槃，反映了佛教的起源。以及西方极乐世界的经变场景和大量佛教飞天、伎乐等；东殿壁画内容为观音菩萨三十二应身，表现了观世音丰富多彩的不同形象；西殿壁画采用传统文化中的"二十四孝"图反映出古代儒家倡导的孝道思想，展示了人类社会至孝至善的人间亲情。

在台子东南角立一凤凰亭，内安檀木精雕凤凰（原凤凰被国家历史博物馆收藏），高 1.62 米，形神俱备、精雕细琢，是目前全国最大的一只檀木凤凰。凤凰下，是一香樟木雕刻的百鸟雕刻，寓意"百鸟朝凤"。西南角原有一水井，现安装一石雕龙井，口内喷水注入钱眼。三层台南墙安立一巨型石雕"凤凰古松"，气势雄伟。北面正门中间有一条 15 米多长的御道，雕有七龙两凤，为目前全国最长的石雕御道，两旁分别有一道三十六级的石阶，暗合"三十六天罡和七十二地煞之数"。顶层四角包以护墙，呈八角，取"八卦"之意。

三层台四周设立石雕护栏，均采用凤的图案。正门两侧各立一方形石柱，每根重达 7 吨，上有翔凤，四面刻有康熙及历代名人题咏凤台的诗词佳句。

凤台建筑格局均按明代营造法式，古朴端重，彩绘内容以龙凤为主题的图案，使整个凤凰台古建风格体现出强烈的龙凤文化，也意味着太平盛世龙凤呈祥。

凤凰台这一珍贵的历史文化景点，承载了三大文化内涵，即"始祖文化"、"运河文化"、"佛教文化"，是一处国内独有、文化丰厚的人文景观。凤凰台的重修也是区委、区政府以人为本、人与自然、人与社会相和谐的具体体现，可谓盛世之举，利国利民，对任城的全面发展，乃至全市、全省都具有不可估量的巨大作用，其前景必定灿烂辉煌、光明无限。

欲穷千里目，更上一层楼
——古代四大名楼之一

登鹳雀楼

王之涣

白日依山尽，黄河入海流。

欲穷千里目，更上一层楼。

鹳雀楼，也叫鹳鹊楼，在今山西省永济市。与滕王阁、黄鹤楼、岳阳楼并称古代四大名楼。原楼高三层，前可望中条山，下可看黄河，当时常有鹳雀栖息在上面，因此得名。

鹳雀楼始建于北周（557—580年），废毁于元初。由北周大将军宇文护镇河外之地，筑为层楼。由于楼体壮观，气势宏伟，风景秀丽，唐人留诗者甚多。"白日依山尽，黄河入海流。欲穷千里目，更上一层楼。"即是唐代诗人王之涣登楼赏景留下的千古绝唱，流传于海内外。该楼历唐经宋，元初（1272年）毁于战火。

1997 年 12 月，鹳雀楼复建工程在黄河岸畔破土动工，该工程历经几年建设，于 2002 年 9 月 26 日主楼竣工，对游人开放，新建鹳雀楼系仿唐形制，四檐三层，总高 73.9 米，总建筑面积 33206 平方米。充分体现了唐代风韵和"欲穷千里目，更上一层楼"的意境。

鹳雀楼景区位于永济市西南 20 公里处，景区规划面积 3300 亩，现有面积 1640 亩，景区内以鹳雀楼为中心，四周以古典园林式分布，形成"四区十二点"的空间结构，是一个国家级旅游景区。

鹳雀楼内部陈设于 2004 年 7 月底已基本完成，为提升文化名楼的文化内涵，增加游人的参与性和观赏性，鹳雀楼内部陈设着重以河东文化和黄河文化为主题，充分说明黄河是人类文明最早的发祥地，华夏民族的先祖在这里写下了辉煌历史，其时代跨越中华上下五千年。其中以硬木彩塑制作的《中都蒲坂繁盛图》再现了盛唐时期蒲州城的繁荣景象，生动有致，精美逼真。宇文护《筑楼戍边》及王之涣《旗亭画壁》的故事，采用了欧塑形式表现，高贵典雅。还有以浮雕、壁画、雕塑等形式表现在中华历史中具有代表的舜帝、禹帝、关公、柳宗元、司马光等人物故事和传说。同时，还有反映河东人民勤劳智慧和丰富的民间工艺的制盐、冶铁、养蚕、剪纸、年画、社火等，这些都充分再现了悠久的华夏文明。相信在不久的将来，鹳雀楼将会成为弘扬华夏文明的一个典范。

鹳雀楼高台重檐，黑瓦朱楹，不仅占河山之胜，而且据柳林之秀，早在唐宋时期就被誉为中州大地的登高胜地，名播遐迩。鹳雀楼立晋望秦，它独立于中州，前瞻中条山秀，下瞰大河奔流，紫气度关而西入，黄河触华而东汇，龙踞虎视，下临八州，宏伟壮阔的山川景象，吸引了无数历代名流，登临作赋。拥山河之胜的蒲州名楼，几乎成了当时大诗人们赛诗的舞台。鹳雀楼所在之地，正是五千年中华民族文明的发祥地，黄河在此折返大海。永济古称蒲坂，夏、商、周以前，尧和舜帝都在这里建都。这里的文明史源远流长，距鹳雀楼20公里的西侯度古人类文化遗址，展示了180万年前的旧石器时代，人类就在这里开始用火，并且使用打制石器。传说华夏民族的先祖伏羲、女娲、黄帝，都在这一带留下了斧辟刀凿的历史痕迹。"华夏"一词的"夏"指的是历史大夏民族，它的繁荣正是以尧舜禹为象征的，活动的核心就在河东一带。而据《太炎文录》说，"华"指的是华山一带，就是黄河西岸这块地方。

西为华，东为夏，鹳雀楼正好坐落在华夏历史坐标的中点上。这一巧合使鹳雀楼蒙上了一层神奇的色彩，想一想，鹳雀楼所演绎的中华民族自强不息的精神，我们不能不为之赞叹。诗因楼作，楼因诗名。滕王阁因王勃而出名，岳阳楼因范仲淹而不朽，黄鹤楼因崔灏、李白而名扬天下，鹳雀楼也因王之涣而名留千古。

唐代许多诗人写过此楼，但都不及王之涣的这首五绝。这首诗的前两句，写的是登楼望见的景色，气势雄浑，景象壮阔。诗人运用朴素、浅显的词语，形象生动地展示了登上楼所见到的广袤河山的情景：远处，一轮夕阳逐渐落进了连绵起伏的群山中；近处，楼下的黄河滚滚而来，最终汇入大海。这就把上下、远近的景象，全都容纳进了诗中，形成了一幅粗犷、明快的山水画；而且画面显得宽广、辽阔，意境深远。接下去的后两句，由前面的描写景色转向抒发情感，发出了朴素易懂而意义深刻的哲理议论："欲穷千里目，更上一层楼。"这里既包含着诗人向上进取的精神和高瞻远瞩的胸襟，也道出了站得高才能看得远的道理。它能够世代相传，成为千古绝唱，其永恒的价值，就在于表达了人们对生活的不断追求与进取心理。同时，也启示人们，人类的知识与前途，一如这浩渺世界广阔无边，应当永不停息地奋斗。

鹳雀楼是黄河的标志，是中华民族不屈的象征，它的再度辉煌，标志着民族的又一次繁荣，祖国的再次腾飞。

"欲穷千里目，更上一层楼"，这是诗人登楼过程中的具体感受，但它给予我们的启示却深刻得多。站得愈高，看得愈远，人生也是这样。只有不断攀登，不断进取，不断以更高的标准要求自己，才能在思想上达到愈来愈高的境界，在事业上取得愈来愈高的成就。人生就像登楼，这不是很有教益的生活哲理吗？

因此，千百年来这首诗不仅激励着中华民族奋发向上，而且也揭示了站得高才能看得远的哲学真理。清代诗评家认为："王诗短短二十字，前十字大意已尽，后十字有尺幅千里之势。"

昔人已乘黄鹤去，此地空余黄鹤楼
——江南千古名楼

黄鹤楼

崔颢

昔人已乘黄鹤去，此地空余黄鹤楼。

黄鹤一去不复返，白云千载空悠悠。

晴川历历汉阳树，芳草萋萋鹦鹉洲。

日暮乡关何处是，烟波江上使人愁。

一生好入名山游：诗词中的山川风景

黄鹤楼始建于三国时期吴黄武二年（223年），传说是为了军事目的而建，孙权为实现"以武治国而昌"（"武昌"的名称由来于此），筑城为守，建楼以瞭望。至今已有一千七百多年的历史。巍峨耸立于武昌蛇山的黄鹤楼，享有"天下绝景"的盛誉，与湖南岳阳楼，江西滕王阁并称为"江南三大名楼"。其间屡建屡毁，不绝于世。最后一座"清楼"建于同治七年（1868年），毁于光绪十年（1884年），此后近百年未曾重修。现在我们看到的黄鹤楼是以清代黄鹤楼为蓝本，1981年10月，黄鹤楼重修工程破土开工，1985年6月落成，黄鹤楼外观为五层建筑，高51米，里面实际上是九层。中国古代称单数为阳数，双数为阴数。"9"为阳数之首，与汉字"长久"的"久"同音，有天长地久的意思，所谓"九五至尊"，黄鹤楼这些数字特征，也表现出其影响之不同凡响。

名楼多传说，因此使它更有神奇色彩。据《极恩录》记载，黄鹤楼原为辛氏开设的酒店，一道士为了感谢她的千杯之恩，临行前在壁上画了一只鹤，告之它能下来起舞助兴。从此宾客盈门，生意兴隆。过了10年，道士复来，取笛吹奏，道士跨上黄鹤直上云天。辛氏为纪念这位帮她致富的仙翁，便在其地起楼，取名"黄鹤楼"。其中一个说是有一位名叫费祎的人，在黄鹤山中修炼成仙，然后乘黄鹤升天。后来人们为怀念费祎，便在这黄鹤山上建造了一座黄鹤楼。以上当然是神话传说，三国时在这临江的山巅建楼，首先还是出于军事上的需要，但后来逐渐成为文荟萃，宴客、会友、吟诗、赏景的旅游胜地。历代的名人如崔颢、李白、白居易、贾岛、夏竦、陆游等都曾先后到这里游览，吟诗、作赋。唐代诗人崔颢登上黄鹤楼赏景写下了一首千古流传的名作："昔人已乘黄鹤去，此地空余黄鹤楼，黄鹤一去不复返，白云千载空悠悠，晴川历历汉阳树，芳草萋萋鹦鹉洲，日暮乡关何处是，烟波江上使人愁。"后来李白也登上黄鹤楼，放眼楚天，胸襟开阔，诗兴大发，正要提笔写诗时，却见崔颢的诗，自愧不如只好说："眼前有景道不得，崔颢题诗在上头"。崔颢题诗，李白搁笔，从此名气大盛。

黄鹤楼素有"千古名楼"，"天下绝景"之誉，不同的时代，由于社会生活的需要不同，科学技术的水平不同，人们的审美观念不同，黄鹤楼产生了不同的建筑形式和建筑风格。宋代黄鹤楼由主楼、台、轩、廊组合而成的建筑

最美的诗词故事大全集

群，建在城墙高台之上，四周雕栏回护，主楼二层，顶层十字脊歇山顶，周围小亭画廊，主次分明，建筑群布局严谨，以雄浑著称。元代黄鹤楼具有宋代黄鹤楼的遗风，但在布局与内容构成方面有不小的发展，植物配置的出现，更是一大进步，使原来单纯的建筑空间发展成为浓荫掩映的庭院空间，特点是堂皇。明代黄鹤楼，楼高三层，顶上加有两个小歇山，楼前小方厅，入口两侧有粉墙环绕，特点是清秀。清代黄鹤楼的图形具有鲜明的特色。它拔地而起，高耸入云，表现出一种神奇壮美的气质。建制格调以三层八面为特点，主要建筑数据应合"八卦五行"之数，其特点为奇特。现代黄鹤楼以清同治楼为雏形重新设计，楼为钢筋混凝土仿木结构，七十二根大柱拔地而起，六十个翘角层层凌空，琉璃黄瓦富丽堂皇，五层飞檐斗拱潇洒大方。

黄鹤楼内部，层层风格不相同。底层为一高大宽敞的大厅，其正中藻井高达 10 多米，正面壁上为一幅巨大的"白云黄鹤"陶瓷壁画，两旁立柱上悬挂着长达 7 米的楹联：

爽气西来，云雾扫开天地撼；大江东去，波涛洗净古今愁。

黄鹤楼的建筑特色，是各层大小屋顶，交错重叠，翘角飞举，仿佛是展翅欲飞的鹤翼。楼层内外绘有仙鹤为主体，云纹、花草、龙凤为陪衬的图案。第一层大厅的正面墙壁，是一幅表现"白云黄鹤"为主题的巨大陶瓷壁画。四周空间陈列历代有关黄鹤楼的重要文献、著名诗词的影印本，以及历代黄鹤楼绘画的复制品。二楼大厅正面墙上，有用大理石镌刻的唐代阎伯瑾撰写的《黄鹤楼记》，它记述了黄鹤楼兴废沿革和名人轶事。楼记两侧为两幅壁画，一幅是"孙权筑城"，形象地说明了黄鹤楼和武昌城相继诞生的历史；另一幅是"周瑜设宴"，反映三国名人去黄鹤楼的活动。三楼大厅的壁画为唐宋名人的"绣像画"，如崔颢、李白、白居易等，也摘录了他们吟咏黄鹤楼的名句。四楼大厅用屏风分割为几个小厅，内置当代名人字画，供游客欣赏、选购。顶层大厅有《长江万里图》等长卷、壁画。走出五层大厅的外走廊，举目四望，视野开阔。这里高出江面近 90 米，大江两岸的景色，历历在望，令人心旷神怡。黄鹤楼所在的蛇山一带辟为黄鹤楼公园。种植了许多花草树木，还有一些牌坊、轩、亭、廊等建筑。有一个诗碑廊，收藏着许多刻有历代著名诗人作品的石，蛇山一带的古代景点都将陆续修复。黄鹤楼将成为位于我国心脏地带的中心城市武汉的一个标志。

主楼以清同治楼为蓝本，但更高大雄伟。运用现代建筑技术施工，钢筋混凝土框架仿木结构。飞檐 5 层，攒尖楼顶，金色琉璃瓦屋面，通高 51.4 米，底层边宽 30 米，顶层边宽 18 米，全楼各层布置有大型壁画、楹联、文物等。楼外铸铜黄鹤造型、胜像宝塔、牌坊、轩廊、亭阁等一批辅助建筑，将主楼烘托得更加壮丽。登楼远眺，"极目楚天舒"，不尽长江滚滚来，三镇风光尽收眼底。

黄鹤楼的形制自创建以来，各朝皆不相同，但都显得高古雄浑，极富个性。与岳阳楼、滕王阁相比，黄鹤楼的平面设计为四边套八边形，谓之"四面八方"。这些数字透露出古建筑文化中数目的象征和伦理表意功能。从楼的纵向看各层排檐与楼名直接有关，形如黄鹤，展翅欲飞。整座楼的雄浑之中又不失精巧，富于变化的韵味和美感。

南楼，旧时有白云楼、安远楼、瑰月楼、楚观楼诸称，它与黄鹤楼、头陀寺、北榭并称为古时蛇山"四大楼台"。现楼系1985年重建，位于公园南区黄鹤楼东南185米处。南楼背山面南，面阔5间，长16.5米，进深3间，宽7.5米，高9.5米，上下2层，钢筋水泥仿砖木结构，歇山式顶，重檐飞角，青瓦朱楹，6圆柱，轩敞明洁。楼前有一棵百年古树，给南楼平添古朴之色。

白云阁，坐落在蛇山高观山的山顶，在黄鹤楼以东约274米处，海拔75.5米，阁高41.7米，是观赏黄鹤楼、蛇山、长江的极佳景点。白云阁历史上曾是南楼的别称，阁名源于唐代诗人崔颢"黄鹤一去不复返，白云千载空悠悠"的诗句。1992年1月竣工的白云阁，外观为塔楼式，呈"T"字型，坐北朝南，占地面积695平方米，阁名由史学家周谷城书写。

毛泽东词亭，在南楼东南侧，黄鹤楼东南206米，白云阁西南90米处。毛泽东似乎对"白云黄鹤之乡"特别钟情，他36次来武汉，多次登临蛇山，并18次畅游长江武汉段，1956年6月1日，毛泽东从黄鹤楼故址的上首入水，首次畅游长江，6月3日至4日，又两次到江中畅游，写下了气势磅礴、豪情满怀的光辉诗篇《水调歌头·游泳》：

才饮长沙水，又食武昌鱼。万里长江横渡，极目楚天舒。不管风吹浪打，胜似闲庭信步，今日得宽余。子在川上曰：逝者如斯夫！

风樯动，龟蛇静，起宏图。一桥飞架南北，天堑变通途。更立西江石壁，截断巫山云雨，高峡出平湖，神女应无恙，当惊世界殊。

词亭于 1992 年建成，坐北朝南，长宽各 6.6 米，高 9.5 米，为四角攒尖重檐舒翼，亭中央矗立一高 3.2 米，宽 1.8 米的大型青石碑，南北两面分别镌有毛泽东 1927 年春登蛇山时填写的《菩萨蛮·黄鹤楼》和 1956 年 6 月畅游长江后填写的《水调歌头·游泳》。

搁笔亭，在黄鹤楼以东 132 米处，钢筋混凝土仿木结构，于 1991 年重建。亭名取自"崔颢题诗李白搁笔"的一段佳话。

千禧吉祥钟，钟身重 20 吨，蒲牢 1 吨，取 20 世纪和 21 世纪的连接之意，钟体材料为铜合金，含黄金 2.1 公斤，银 8.4 公斤，它是明朝永乐大钟以后我国铸造的最大铜钟。大钟外形为裙边圆钟，口部直径 3 米，高约 5 米。

"鹅"碑亭，在黄鹤楼以东 245 米处，有清代流传下来在武昌蛇山黄鹄矶的一笔草成的"鹅"字刻石一方，传说书圣王羲之在黄鹤楼下养过鹅群，有次情不自禁写下此字。1986 年，风景区将依拓本重新制作的鹅字碑立于形如弯月的鹅池东端，在碑的北侧建一石拱桥，并以碑作亭壁，建六角亭，亭以碑名。

岳武穆遗像亭，岳飞亭，在黄鹤楼西面 574 米处，南宋抗金名将岳飞曾在黄鹤楼下的鄂州（今武昌）屯兵镇守达 7 年之久，其所填《满江红·登黄鹤楼有感》词即出自这一时期。岳武穆像亭坐北朝南，木石结构，亭为六角攒尖，高 6 米，亭檐匾额"岳武穆遗像亭"，临面石柱上刻有对联，曰：撼山抑何易，撼军抑何难，愿忠魂常镇荆湖，护持江汉雄风，大业先从三户起；文官不爱钱，武官不怕死，奉谠论复兴家国，留得乾坤正气，新猷端自四维张。

胜像宝塔，又称白塔或元代白塔。原在蛇山西首黄鹤楼故址前的黄鹄矶头，1955年修建武汉长江大桥时；拆迁至蛇山西部、京广铁路线桥旁。1984年迁入风景区大门入口处内，位于黄鹤楼正前方约159米处，是黄鹤楼故址保存最古老、最完整的建筑。宝塔建于元代至正三年（公元1343年），为威顺王宽彻普化太子建，是用于供奉舍利和安藏佛教法物的喇嘛塔。胜像宝塔高9.36米，座宽5.68米，采用外石内砖方式砌筑，以石砌为主。整体造型由基座向上逐渐收缩，尺度愈缩愈小，其轮廓线条大体呈三角形。塔外观分作座、瓶、相轮、伞、宝顶5部分。宝顶为合金制作。

石牌坊，位于蛇山高观山的山脊背上，由西向东，将白云阁与岳飞风景区连接，形成了长达250米的山顶游览风景线。石牌坊计5座，建于1992年，前4座示意黄鹤楼春夏秋冬的四时风景，用青灰石雕塑而成，为典型的徽式风格，第5座为岳飞功德坊，是石牌坊群中形制最大宏伟的一座牌坊，以示光大爱国热忱和弘扬民族精神。

诗碑廊，黄鹤楼东南210米，环绕景区鹅池四周，碑刻内容为当代国内书画名家书写的历代名人吟咏黄鹤楼的诗词名句（亦有部分当代诗作）。碑墙上共嵌有石碑124方，根据真迹描摹镌刻。

黄鹤归来铜雕，位于黄鹤楼以西50米的正面台阶前裸露的岸石上，由龟、蛇、鹤三种吉祥动物组成。龟、蛇驮着双鹤奋力向上，黄鹤帽脚踏龟、蛇俯瞰人间。该铜雕高5.1米，重3.8吨，系纯黄铜铸成。

九九归鹤图浮雕，在黄鹤楼东南240米处，位于景区白龙池边，是国内最大的室外花岗岩浮雕。整个雕塑呈红色，99只仙鹤呈现种种不同的舞姿。浮雕依蛇山山势呈不等距Z形，全长38.4米，高4.8米，云蒸霞蔚，日月同辉，江流不息，生机盎然。99只不同动态的仙鹤，和谐分布在松、竹、海、灵芝、流水、岩石、云霞中。

至唐朝，其军事性质逐渐演变为著名的名胜景点，历代文人墨客到此游览，留下不少脍炙人口的诗篇。唐代诗人崔颢一首"昔人已乘黄鹤去，此地空余黄鹤楼。黄鹤一去不复返，白云千载空悠悠。晴川历历汉阳树，芳草萋萋鹦鹉洲。日暮乡关何处是，烟波江上使人愁。"已成为千古绝唱，更使黄鹤楼名声大噪。至唐永泰元年（公元765年）黄鹤楼已具规模，使不少江夏名士"游必于是，宴必于是"。陈友谅墓，陈友谅（1319－1363）是元朝末年农民起义军领袖之一，湖北沔阳人，元至正十八年（1358年）自称汉王，至正二十年杀徐寿辉自称皇帝，至正二十三年在鄱阳湖与朱元璋大战中流矢身亡，其部下以舟载其尸还武昌，葬于蛇山南麓。明末以后，几经整修，1981年重新修复。墓坐北朝南，墓前立水泥镶嵌的麻石墓碑，高2米，上书"大汉陈友谅墓"。墓前建有牌坊，前额书："江汉先英"，后额书："三楚雄风。"

第二章：丝路花雨踏歌行——
江湖名景小河州

山中有水水中山，山自凌空水自闲
——海外别有一洞天

珠潭浮屿

曾作霖

山中有水水中山，山自凌空水自闲。

谁划玻璃分色界，倒垂金碧浸烟鬟。

蓬莱可计乘风到，艋舺知为举火还。

别有洞天开海外，人家鸡犬绝尘寰。

日月潭在祖国的宝岛台湾省，四季如春，风光明媚，是一颗美艳的宝岛明珠。它是台湾第一大天然湖，由玉山和阿里山间的断裂盆地积水而成，传说湖龄达 15000 年以上。日月潭的发现约在 200 多年以前，山胞打猎时追逐一头白鹿至南投县中央的鱼池乡水社村，发现此地山清水秀，相率迁居于此。

日月潭湖面很高，海拔 760 米，平时水深约 30 米，湖周 35 公里，水域面积 900 多公顷。湖中有一小岛，远望如同明珠，旧称"珠仔屿岛"，现名兴华岛。最初以此岛为界，北半湖形同日轮，南半湖状似月牙，因而名为日月潭，也称为双潭。

"双潭秋水"是著名的台湾八景之一。湖四周翠山环抱，树木蓊郁，晓岚夕晖，变幻无穷，湖水晶莹清澈，每当秋夕月明，照映日月潭水，朗彻碧透，如接太虚。清代曾作霖描写日月潭的诗写道："山中有水水中山，山自凌空水自闲。谁划玻璃分色界，倒垂金碧浸烟鬟。蓬莱可计乘风到，艋钾知为举火还，别有洞天开海外，人家鸡犬绝尘寰。"

潭南青山麓有玄光寺，寺后有 1300 级砖彻山径，拾级而上，可达金碧辉煌的玄奘寺。玄奘寺面临一潭碧水，寺外梅林中可以赏梅、入寺瞻仰玄奘法师舍利子，慈眉善目的老僧击磬诵经。登极俯瞰日月潭全貌，云雾缥缈间，如镜潭水倒映青山。四周翠峦叠嶂，幽篁满目山光水影一片苍黛，犹似丹青高手信手涂抹的大写意。

文武庙依山面湖，占地宽阔，整座殿宇架构严谨，全顶闪耀着庄严的色泽，古雅肃穆。穿过大理石牌桥，一对枣红色大石狮踞守两边，气势威烈。庙内奉祀孔子、文昌帝君与武圣关公。

德化社，台湾省邵族以观光为主的惟一山胞村落，这里民风淳朴，有茶庄、艺品行、特产行等。在艺品行前面，挂有色彩艳丽的各式民族服饰，免费供游人照相用。女游人穿上绣有纤巧几何图案的裙子，戴上鲜花编成的花环，颈上再挂一条精美的贝壳项链，俨如一位阿美族姑娘。几艘游艇在潭心荡来荡去，潭水微微起皱，波光粼粼似锦。环顾岸边，在绿荫苍翠中熠熠生辉的寺庙，想起玄奘寺里的楹联"听静边钟声唤醒梦中梦，观澄江月影窥见身外身"，顿时感到这里真是一个参禅问学的好去处。

潭心是光华岛，它娇小玲珑，宛如一粒珠子嵌两潭之间，吸引无数游人舍舟登岸，尤为有趣的是岛上花亭里有一月老像，皓首银须，眉开眼笑，两手捧着一根红绸带。许多情侣站在月老两旁合影留念，希翼白头偕老。游艇绕潭一周，然后在公园入口处登岸。来到涵碧楼，"涵碧楼"三个大字遒劲有力，这是湘籍人黄杰先生所题。涵碧楼可供住宿和餐饮，竹篁旁边是相思林，透过疏密相叠的竹叶，窥见环湖公路旁的相思林下，情侣双双对对，游人三三两两，日潭与月潭像同胞姐妹一样相依相偎，亲密无间。每年中秋之夜，无数游人来此荡舟游湖。

未能抛得杭州去，一半勾留是此湖
——秀丽名天下

最美的诗词故事大全集

春题湖上

白居易

湖上春来似画图，乱峰围绕水平铺。

松排山面千重翠，月点波心一颗珠。

碧毯线头抽早稻，青罗裙带展新蒲。

未能抛得杭州去，一半勾留是此湖。

这是一首著名的杭州西湖春景诗。诗人白居易于唐穆宗李恒长庆二年（822）七月，除杭州刺史，十月到任，至长庆四年五月底离杭赴洛阳任所。此诗即作于作者卸杭州刺史任之前夕。

因为"皇恩只许住三年"，白居易抱着恋恋不舍的心情离开西湖，这种情绪本身具有很强的感染力。一千多年后的今天，西湖早已是驰名中外的湖山形胜之地，此诗亦不胫而走，值得玩味的是如今西湖十景中的"平湖秋月"、"苏堤春晓"、"三潭印月"等景观的命名，有的很可能是从这首《春题湖上》中的相应诗句衍化而来的。

清代的《冷庐杂识》中说："天下西湖三十又六，为杭州最美。"《冷庐大典》有载，其中浙江九处，广东、湖南、四川各四处，福建、江西各三处，河北两处，广西、云南、湖北、河南、安徽、山东、陕西各一处，其中较为著名的有八大西湖。杭州西湖，山水秀丽，最为引人入胜。水面5.6平方公里，风景名胜区50平方公里，有断桥残雪、平湖秋月、双峰插云、曲院风荷、苏堤春晓、花港观鱼、柳浪闻莺、南屏晚钟、雷锋夕照、三潭印月西湖十景。

西湖之美在于湖，也在于山。环绕西湖，西南有龙井山、理安山、南高峰、烟霞岭、南屏山、凤凰山等，北面有灵隐山、北高峰、栖霞岭、宝石山等。南山北山像众星拱月一般，捧出西湖这颗明珠。山的高度都不超过400米，但峰奇石灵、云山逶迤，使人有"近水远山皆有情"之感。在群山中深藏着虎跑、龙井、玉泉等名泉，还有烟霞洞、永乐洞、石屋洞等洞壑。历史上无数诗人、画家等都和西湖结下了不解之缘，白居易、苏轼、林逋、刘永等名家都留下了千古传诵的诗篇。千百年来西湖的风姿情影使多少人一见倾心，从而产生无限缱绻之情。"未能抛得杭州去，一半勾留是此湖。"（白居易《春题湖上》）

西湖最引人处在湖滨区和湖心区。环绕着西湖，有著名的人文景观"三潭印月"、"平湖秋月"、"苏堤春晓"。

"三潭印月"在西湖外湖三岛之一处，面积105亩，湖中有岛，岛中有湖，宛如仙山琼岛，因而又称"小瀛洲"。岛上的歇山式敞轩——先贤祠，由赵朴初题额"小瀛洲"，此处原为彭公祠，是清光绪年间兵部尚书彭玉麟的退省庵，辛亥革命时改为浙江先贤祠，奉祀明末清初浙江籍思想家黄宗羲等人。先贤祠是九曲三十个弯的九曲桥，桥上有开网亭、亭亭亭。开网亭是个三角亭，此处原系放生池，亭名开网，有"网开一面"的意思。亭亭亭，是个四角亭，亭名取自明代诗人聂大年"三塔亭亭引碧流"的诗意。正中水面耸立的假山石称为九狮石，似有九狮在石上嬉戏。过九曲桥，便到了小瀛洲中部游览区的中心绿洲。透过绿树红花，首先看到的是一堵低矮粉墙，上书"竹径通幽"四字，系清代改良派领袖康有为所题。粉墙上有四幅寓意空花窗，分别是"松鹤延年"，"梅鹊争春"，"凤戏牡丹"，"柏鹿争辉"等。从粉墙再往前走，依次为迎翠轩，木香榭和花鸟厅。过绿洲，迎面有"三潭印月"碑亭。碑亭不远处，有一座别致的"我心相印亭"，这个亭子一边是粉墙，一边是走廊，这在西湖众多亭子中是绝无仅有的。

亭外湖面的石塔就是三潭印月主景，只见三塔位置呈等边三角形，每两塔之间相距62米，塔高2米，塔基系扁圆石座，塔身呈球形，四周排列着五个小圆孔，饰着浮雕图案。塔顶呈葫芦形，造型优美。每逢月夜，特别是到了中秋佳节，皓月当空，人们在塔内点上蜡烛，洞口蒙上薄纸，烛光外透，这时"塔影、云影、月影"融成一片，"烛光、月光、湖光"交相辉映，呈现"天上月一轮，湖中影成三"的绮丽景色。三潭印月就由此得名，月夜泛舟，可见"月光映潭"的奇观。

平湖秋月，在西湖白堤西端终点，背倚孤山，南临外湖。唐代这里建有望湖亭，清代在亭旧址修建御书楼，楼前筑有围栏平台。每当清秋气爽，湖面平静如镜，皓洁的秋月当空，月光与湖水交相辉映，颇有"一色湖光万顷秋"之感，故在湖畔立碑，题名"平湖秋月"。

宋王洧《平湖秋月》诗云："万顷寒光一夕铺，水轮行处片云无，鹫峰遥度西风冷，桂子纷纷点玉壶。"

白居易任杭州刺史时，每逢月夜，常在亭中饮酒赏月。这里不论春夏秋冬，阴晴雨雪，皆有景可观，且情趣不同。尤其在皎月当空的秋夜，月光如泻，柔情似水，天上、水中两圆月，缓缓西移衔山峰，使人沉浸在"仰望看明月，寄情千里光"的情思之中。

"西湖景致六条桥，隔株杨柳隔株桃。"风光如画的苏堤，是北宋诗人苏东坡守杭时留下的杰作。这条绿色长堤自南而北，长达二点八公里，在苍翠蓊郁的花树丛中，隐翳着映波、锁澜、望山、压堤、东浦、跨虹等六座古朴美观的石拱小桥，人影绰绰，树影摇曳，恍如进入神仙幻境。

苏堤景色四时不同，晨昏各异，而最富诗情画意的辰光，自然是春晓。当严冬老人蹒跚离去，春姑娘翩翩来临，此时你漫步苏堤，但觉柳丝轻扬，碧桃吐艳，十里长堤弥漫着绿烟彩雾。枝头上的几声莺啼，仿佛向你报道苏堤春早。晴天娇媚，雨天幻奇，有"云桥烟柳冠西湖"之说。此情此景，怎能不使你神迷心醉？

南山风景区有著名的虎跑泉，有"天下第三泉"之称。泉水清澈甘洌，如用来泡龙井新茶，清香爽口，龙井茶叶、虎泡泉为西湖双绝。不远是六和塔，建于北宋开宝三年（970 年），现存塔身为南宋时重建。塔名原出佛经，"身和同住、口和天争、意和同惊、戒和同修、见和同解、利和同均"，六和塔由此得名。塔为多层密檐，外观 13 层，实为 7 层，高 59.89 米，砖砌塔心，其余为木结构，有旋梯可登顶层，远眺钱塘胜景。塔旁有六和寺。相传《水浒》里的武松、鲁智深在此终老。

一生好入名山游：诗词中的山川风景

这里是江南杭嘉湖平原，水网纵横，是鱼米之乡，到处可见浙江丝绸、龙井茶叶、西湖藕粉、天竺筷子、杭州雨伞等著名土特产品。

朝辞白帝彩云间，千里江陵一日还
——世界上最美的画廊

早发白帝城

李白

朝辞白帝彩云间，千里江陵一日还。
两岸猿声啼不住，轻舟已过万重山。

白帝城位于长江北岸，距奉节城东约 15 华里，掩映在郁郁葱葱的绿树丛中，是三峡的西口，入川的门户。由于地势险峻，古往今来，常为兵家必争之地。白帝城也是三峡游览胜地。

西汉末年公孙述据蜀，在山上筑城，因城中一井常冒白气，宛如白龙，他便借此自号白帝，并名此城为白帝城。公孙述死后，当地人在山上建庙立公孙述像，称白帝庙。由于公孙述非正统而系僭称，明正德七年（1512 年）四川巡抚毁公孙述像，祀江神、土神和马援像，改称"三公祠"。明嘉靖十二年（1533 年）又改祀刘备、诸葛亮像，名"正义祠"；以后又添供关羽、张飞像，遂形成白帝庙内无白帝，而长祀蜀汉人物的格局。

白帝城三面环水，一面傍山，孤独峙立，气象萧森，在雄伟险峻的夔门山水中，显得格外秀丽。从山脚下拾级而上，要攀登近千级石阶，才到达山顶的白帝庙门前。在这里可观赏夔门的雄壮气势。绕至庙后，可见蜿蜒秀丽的草堂河从白帝山下入江。

白帝庙内，历代的诗文碑刻甚多，展出的文物及工艺品就有1000余件。其中有著名的春秋战国之交的巴蜀铜剑，其形如柳叶，工艺精湛，游人观赏之际，深深在心底赞美古代巴人的智慧及手艺。东、西两处碑林，陈列着70多块完好的石碑，其中隋代碑刻距今已有一千三四百年的历史了。在东碑林，《凤凰碑》和《竹叶碑》最引人注目。白帝城风景如画，古迹甚多。早已成为中外游客游览长江三峡风光的必游之地。今天的白帝城系明清时候的建筑，有明良殿、武侯祠、观景亭、望江楼等建筑，还有刘备、诸葛亮、关羽、张飞等人的涂金塑像及风箱峡悬棺展览。

而白帝庙后来之所以名声大噪，则是因为与三国英豪搭上了关系。公元222年8月，刘备在夷陵之战中大败于东吴，兵退夔门之外。从此刘备一病不起，乃于白帝城附近的永安城（今四川奉节县的夔州城）永安宫托孤于诸葛亮。约在唐代以前，白帝庙处就增建了祭祀刘备的先主庙和祭祀诸葛亮的诸葛祠。明代，公孙述的塑像被毁弃，庙内代之以刘备、诸葛亮、关羽和张飞的贴金塑像。从此，"白帝城内无白帝，白帝庙祭刘先帝。"

现在游人在白帝庙正厅"托孤堂"中，可观赏到大型彩塑"白帝托孤"。这组彩塑有真人大小的三国历史人物

21 尊，重现了刘备向诸葛亮托孤的历史故事。其中刘备卧于病榻，背对游人，似向壁悲泣，诸葛亮立于榻前，脸色凝重；两个小皇子跪在诸葛亮面前，其余文臣武将，也是一派肃穆之态。

白帝城风景如画，古迹甚多。早已成为中外游客游览长江三峡风光的必游之地。今天的白帝城系明清时候的建筑，有明良殿、武侯祠、观景亭、望江楼等建筑，还有刘备、诸葛亮、关羽、张飞等人的涂金塑像及风箱峡悬棺展览。

明良殿，这座巍峨宽敞的殿堂建于明嘉靖 11 年（公元 1532 年）。殿内供奉有刘备、关羽、张飞的彩色塑像。

武侯祠，位于明良殿西侧。祠中供奉诸葛亮及其子孙诸葛瞻、孙诸葛尚的彩色塑像。据史书记载，诸葛亮的这一子一孙也是贤臣，为蜀国百姓做了不少的好事。

诸葛亮是刘备死后蜀国的实际执政者，曾被封为武乡侯。他治蜀期间励精图治，政绩斐然。

观星亭，位于武侯祠之前。观星亭共有 6 角 12 柱，翘角飞檐，气度不凡。当年刘备屯兵白帝城时，诸葛亮在此夜观星像，运筹兵略。亭上高挂一古钟，亭内石桌、石墩上刻有杜甫客居夔州时写的《秋兴八首》。

东、西碑林，分别位于明良殿与武侯祠两侧。这里荟萃了从隋代至清代的 70 多块碑刻，那篆、隶、楷、行、草各种字体的碑文，是我国书法艺术精品。其中最著名的是两块隋碑，距今已有 1300 余年。一是《龙公山墓志》，一是金轮寺舍利塔碑。前者的碑石上被清代人刻上了"同治九年六月十九日，大水为灾，高于城五丈"的字样，从而成为珍贵的水文资料。碑林中还有一块刻着清康熙帝御笔的诗碑，这是康熙书写的一首唐诗，是赐给一位告老还乡的清官——监察御史傅作楫的。诗文是："危石才通鸟道，青山更有人家。桃源意在何处，涧水浮来落花。"

凤凰碑和竹叶碑是白帝城所藏的两块艺术价值最高的碑刻珍品。凤凰碑高 175 厘米，宽 96 厘米，左右手面乌黑锃亮，光滑如镜。碑上镌刻了一株梧桐、一簇牡丹、一对凤凰，石刻技艺十分精湛。此碑又称："三王碑"——因为梧桐是树中之王，牡丹是花中之王，凤凰是鸟中之王。

竹叶碑更为奇妙，乍看上去，碑面上是三株修竹，竹叶疏朗。细细一看，原来那竹枝竹叶巧妙地组成了一首五言诗，达到字画相融，浑然一体的艺术境界。那首诗是：不谢东篱意，丹青独自名。莫嫌孤叶淡，终日不凋零。竹叶碑的作者，是清光绪年间的一名工艺名匠曾崇得。他多才多艺，诗、书、画、刻艺术俱佳。

白帝城，它以得天独厚的地理位置和深厚的历史文化积淀，曾激发了多少诗人的创作灵感。"诗仙"李白、"诗圣"杜甫以及白居易、陆游、苏洵父子、陈子昂、孟浩然、刘禹锡、元稹、孟郊、杨炯、张说、薛涛、戴叔伦等，都在这里留下了脍炙人口的诗篇。特别是李白的那首千古绝唱，妇孺皆知的七绝《早发白帝城》。到此赏游的我们一起吟诵：

朝辞白帝彩云间，千里江陵一日还。两岸猿声啼不住，轻舟已过万重山。

天气常如二三月，花枝不断四时春
——高原明珠

滇池曲

杨慎

苹香波暖泛云津，渔世樵歌曲水滨。

天气常如二三月，花枝不断四时春。

滇池，位于云南省昆明市南郊，面积 330 平方公里，水深 5—8 米，水面海拔 1880 多米，是云贵高原上第一大湖。滇池由于地层断裂下陷而成，形似半月，环湖两岸有狭长的平原，西部湖岸陡峭，丘陵逼近湖边。湖水经西面泄出，向北注入普渡河，水位高差很大，水力资源丰富。湖内水运发达，并有鲤、鲫、金线鱼等水产。一个民间故事说五百里滇池是一个美丽的少女用眼泪滴成的，为这里增添了几分凄美色彩。

滇池有盘龙江等大小 20 多条河流从四周注入，水源丰富。它既有湖的秀丽，又有海的气魄。自宋代以来，"朝泛昆池艇，夜归官渡村"就已成为一件赏心乐事。伫立岸边，可以感受到昆池千顷，浴日滔天的雄阔境界，泛舟湖中，则能体验到一派苇烟的迷鹭渚，蒿月挂渔舟的清新秀逸。月明之夜，这里有白月在水摇虚明的境界；碰上雨天，则又是一番"斜风吹来雨蒙蒙"的情趣。不同的时间和地点，可以分别欣赏到滇池的东浦彩虹，西山白雨，空中鹭鸶，晚霞潮红，归帆远影等各种美景，获得美的享受。

杨慎在《滇池曲》说："苹香波暖泛云津，渔世樵歌曲水滨。天气常如二三月，花枝不断四时春。"面临滇池的是昆明大观楼孙髯的对联，达180字：五百里滇池，奔来眼底。披襟岸帻，喜茫茫空阔无边！看东骧神骏，西翥灵仪，北走蜿蜒。南翔缟素，高人韵士，何妨选胜登临，起蟹屿螺洲，梳裹就风鬟雾鬓，更苹天苇地，点缀些翠雨丹霞，莫辜负四周香稻，万顷晴沙，九夏芙蓉，三春杨柳。

数千年往事，注到心头。把酒凌虚，叹滚滚英雄谁在？想汉习楼船，唐标铁柱，宋挥玉斧，元跨革囊；伟烈丰功，费尽移山心力。尽珠帘画栋，卷不及暮雨朝云，便断碣残碑，都付与苍烟落照，只赢得几杵疏钟，半江渔火，两行秋雁，一枕清霜。

上联写滇池风景，从横的方面写出东西南北，山的高峻蜿蜒，岛的秀丽多姿，濒草芦苇的丰茂，翠羽飞翔的自由。下联则从纵处落笔，历数汉唐宋元对云南的武功，兴盛隆替。该联有景有情，有叙有议，有"古今第一长联"，"四海长联第一佳者"之誉。

滇池的龙门在西山之顶的峭岩石壁间，从龙门俯瞰滇池，只见那长长的海埂东西蜿蜒于碧波之上，像一大块温润的绿玉中间系上一根翠带。远远看去，它好像不是实实在在的土堤，而是迷离晃荡的云彩。堤南的滇池中，只有孤帆一篷，小舟数叶，优游于碧波绿浪之间，则是堤北的草海，那是濒天苇地，波光粼粼。在那水天之间，则是云山堆叠。风起之时，那云霓便流光四射，变幻多端，如孙髯长联所刻画的"风鬟雾鬓""苍烟落照"。

滇池秀丽的自然风光，孕育了众多人文史迹，诸如郑和、聂耳等名人史迹和相关的历史传说，好似美丽的光环，更使滇池生辉，丰富了滇池的历史内涵。

玉溪是聂耳的故乡。西山之腰有聂耳墓，墓里葬的确实是聂耳遗骸，是1935年他在日本神奈川湖海滨溺水逝世后，得日本友人之助，由他的家人和好友搬运回来的。墓体为圆形，以黑色墨石砌成。前有聂耳的汉白玉雕像。周围有屏风，上塑中华共和国国歌《义勇军进行曲》浮雕。游人怀着由衷的敬意，绕墓瞻仰，不禁幽思如潮。

滇池的云很有特色。有时候，连绵不断的镶着金边或银边的云层在翻动；有时候，长空万里，只浮现一朵一尘不染的白莲；有时候，像一座巨大寺庙的圆顶，上面全是精雕细刻，飞禽走兽，应有尽有。有时云轻如棉，有时又重如水晶巨石。由于云状变幻的奇特，色彩的丰富，五百里滇池的湖光山色也随着变幻无穷。在湖的东南岸走动，看到滇池不同的景色：有时它是蔚蓝的，有时是碧绿的，有时又是紫墨色的，有时一半浓绿，一半银白，而当雨后初晴，一弯长虹倒映在湖心，更像一个五彩的绣球在浮动。我们从平地仰望滇池，总是远处高，近处低，那些来往与昆明和昆阳的船只，就像一只只风筝在空中移动，那是"水天一色"的境界：

茫茫五百里，不用云与水；飘然一叶舟，如在天空里。

滇池日出也是奇观，西山峭壁千仞的龙门观日出，月山上观日出，都别有一种风味。先是东方发白，继而在蜿蜿起伏的群山间拉开了红色的天幕，天幕上出现了万道金光，接着一轮火红的太阳，喷薄而出，在燃烧着的红日边缘火花四溅，像一条巨龙的大口，喷着金云，吐着金雾，这时候，滇池的云层像一片片重重叠叠的金色鱼鳞，天是金的，海是金的，滇池也是金的，金色的阳光下，阡陌也是金的，真所谓"彩云一千丈，万顷郁金山"。

谁削青芙蓉，独插彭湖里
——我国最大的淡水湖

鄱阳湖

陈云德

谁削青芙蓉，独插彭湖里。

平分五老云，远挹九江水。

日月共吞吐，烟霞互流徙。

大力障狂澜，与天相终始。

鄱阳湖位于江西省北部长江南侧，面积 3500 多平方公里，是我国最大的淡水湖。它汇集赣江、抚河、信江、饶河、修水等河流，分南北两湖，湖水北经湖口注入长江。该湖湖岸曲折，枯水时，呈现分支状的河道。鄱阳湖一带气候温和温润，滨湖平原十分富庶，盛产米、麦、豆、麻，湖中航运便利，水产丰富，盛产银鱼、鳜鱼。

鄱阳湖无论是岸上观赏，还是湖上荡舟都十分有情趣，石钟山是绝好的游览点，它北扼长江，南锁鄱阳湖，西控楚蜀、东扼吴皖，地势险要，风景优美，有"石拔千寻骨，江鸣万古钟"之称，与庐山合成一景。它的出名赖于苏轼的《石钟山记》，苏轼的游记散文自成风格，他的可贵总是对景观进行直接的观察和体验，这种务实求真的作风使他的散文艺术性极高。《石钟山记》是其游记代表作之一，他借石钟山说明调查研究的重要。后人建"怀苏亭"于此，与船厅、海岛相映成趣，尤其是"一亭高峙豁双眸，横锁西江未许流"的锁江亭；"树小花欹撑怪石，亭疏院的补回郎"的浣香别墅，更是引人发思古之幽情。其实在苏轼以前就有许多名人来此游玩。

这里的好处在于长江和附近诸江都入此湖，江湖融为一体，烟波浩渺，湖光山色，风景宜人。而庐山又临该湖，山色湖光相映成趣，尤其在庐山含鄱口放眼，江湖浩荡，千帆竞发，晨光微曦时，水天一色，红日喷薄而出，金光万道；月夜登含鄱口，奇峰错列，渔火万点，波光月色，天水融为一体。诗人陈云德的诗写出了鄱阳湖的独特之美：

谁削青芙蓉，独插彭湖里。平分五老云，远挹九江水。日月共吞吐，烟霞互流徙。大力障狂澜，与天相终始。

望湖亭坐落在鄱阳湖岸边，其左、右分别有修水、赣江汇入湖内，是登临观景的最佳之地。始建于晋代，历史上屡有兴废，现亭立于高大的台基上，四层三檐四角攒尖顶，亭上琉璃叠翠，翘角入云，气势颇为壮观。登亭远眺，只见江流环带、鄱湖浩淼，渔舟点点，恬然自适，景色清丽。随着气候的变化，景致又各不相同。晴时岚翠如空，波光粼粼；雨时烟水冥蒙，跳珠飞溅；风时白浪滔天，洪涛裂岸。待到枯水季节，这里又是观赏越冬候鸟的理想之所。距其左侧 300 米，即是吴城候鸟观赏站，通过高倍望远镜可以观赏到大批的鹤、鹳、天鹅、鸳鸯等二十多种珍稀鸟类。

鄱阳湖口水色最美，长江和鄱阳湖的交汇处，与称彭蠡之口，即鄱阳湖口，是赣江、信江、抚河汇聚处，鄱阳湖西南面的进水口，"上通楚北，下达皖南，为七省之通衢，实三江之门户"，这里湖面辽阔，波涌涛滚，四时不忘。地理上，鄱阳湖口是长江中下游的分界线。鄱阳湖水汇入长江后江后，江面更加宽阔，水势更加浩大，因此，水是鄱阳湖口一大奇观。江水西来，直流千里，湖水南至，碧波万顷。江湖交汇处，长长一条水纹线，两色分明。

四季和气候不同，水的颜色还起着复杂的变化。夏秋盛水期，江水浊而湖水清；枯水季节，湖水黄而江水赤。而当盛水期江水猛涨之时，江水水位远高于湖水水位，江水犹如脱缰的野马，奔腾倒灌进鄱阳湖，碧波粼粼的鄱阳湖口，顿时变成赤色一片，江水湖水浑然一体，少则数日，多则逾旬，江湖水位渐渐持平，湖水慢慢沉淀，这时，也会出现短暂的江水赤、湖水黄的现象。郭沫若 1965 年 7 月 7 日登临石钟山，见到的即是这种景观，故写下了广为流传的"水文赤黄界"（郭沫若《登湖口石钟山》）的诗句。

站在石钟山上，运眺江湖交汇处，是一条很直的水文线，但若乘游船穿越这条奇异的水文线，就会发现在浑浊的江水中涌动着一团团清清的湖水，清清的湖水中也翻腾着一股股浑浊的江水。在这里看江湖分界线，不再是一条直线，而是一条犬牙交错的不规则的曲线。

每到5月间，江湖水面还时常会出现更为壮观的"三江四色水"图景。5月的天，云分片，雨分方，虽然是雨季，但赣江、信江、抚河流经的地域不同，它们来自东、西、南三个方向，哪条江河的流域内下了大雨，哪条江的水色就会变化。而当三条呈现不同色彩的江水一齐汇入鄱阳湖中，再遥望湖口，浑黄、淡白、清蓝，三条水带泾渭分明，流态、浪涛各有所升，像是有人作过安排，一同扑向碧蓝的湖心，又慢慢地融为一体。在10里之外，可以听到"哗哗"的波涛声。有时如歌，有时似吼。这"四色水"的波涛声，确实增添了鄱阳湖的壮美姿色，撼动人心，让人神往。

登上庐山含鄱口，山势险峻，九奇峰拱峙于右，五老峰矗立于左，中间壑谷，形似一天然豁口，口对着远处的鄱阳湖，势欲汲尽鄱阳湖水。放眼口外，尽观湖天奇景：波色连天，渔帆点点，远看大汉阳峰，巍峨壮丽，犁头尖峰耕云播雾。晨曦看日出，红日东升，浮光跃金，天湖翡红，浩翰秀丽，当属大观。

鄱阳湖，美丽的湖，神话的湖，充满诗情画意的湖，它像一个淡妆素抹的少女，含情脉脉地笑迎每一位光临的游客神游鄱阳湖。

气蒸云梦泽，波撼岳阳城
——第二大淡水湖

一生好入名山游：诗词中的山川风景

临洞庭上张丞相

孟浩然

八月湖水平，涵虚混太清。

气蒸云梦泽，波撼岳阳城。

欲济无舟楫，端居耻圣明。

坐观垂钓者，徒有羡鱼情。

洞庭湖古称"云梦泽"，为我国第二大淡水湖。跨湘鄂两省，它北连长江、南接湘、资、沅、酆四水，号称"八百里洞庭湖"。洞庭湖的意思就是神仙洞府，可见其风光之绮丽迷人。洞庭湖浩瀚迂回，山峦突兀，其最大的特点便是湖外有湖，湖中有山，渔帆点点，芦叶青青，水天一色，鸥鹭翔飞。春秋四时之景不同，一日之中变化万千。湖区面积1.878万平方公里，天然湖面2740平方公里，另有内湖1200平方公里。

洞庭湖的名称，历代典籍中有各种不同的记载。《尚书·禹贡》上称"九江"；《书经》、《周礼》、《尔雅》、《左传》称"云梦"；《战国策》、《史记》称"五渚"；《尔雅注》、《汉书》称"巴丘湖"；《水经注》、《荆州记》及唐代文人有时称"太湖";《南迁录》称"重湖"。

洞庭湖是燕山运动断陷所形成，处于振荡式的负向运动中，形成外围高、中部低平的碟形盆地。盆缘有桃花山、太阳山、太浮山等。500米左右的岛状山地突起，环湖丘陵海拔在250米以下，滨湖岗地低于120米者为侵蚀阶地，低于60米者为基座和堆积阶地；中部由湖积、河湖冲积、河口三角洲和外湖组成的堆积平原，大多在25—45米，呈现水网平原景观。

现水面被分割为东洞庭湖、南洞庭湖、西洞庭湖三部分。湖区烟波浩淼，港汊纵横，渚清沙白，芳草如茵。沿湖有岳阳楼、君山、鲁肃墓、慈氏塔、屈子祠、城陵矶、金门刘备城等名胜古迹。融自然风光与文化景观于一体。君山为湖中一著名岛山，由大小72峰峦组成，遍山翠绿，风景秀丽。山上有湘妃庙、二妃墓、柳毅井等古迹。

湖滨的风光极为秀丽，许多景点都是国家级的风景区，如：岳阳楼、君山、杜甫墓、文庙、龙州书院等名胜古迹。湖中最著名的是君山，君山风景秀丽。它是洞庭湖上的一个孤岛，岛上有72个大小山峰，这里每天有渡轮来往航程大约一小时。

君山原名洞庭山，是神仙洞府的意思。相传4000年前，舜帝南巡，他的两个妃子娥皇、女英追之不及，攀竹痛哭，眼泪滴在竹上，变成斑竹。后来两妃死于山上，后人建成有二妃墓。二人也叫湘妃、湘君，为了纪念湘君，就把洞庭山改为君山了。现有古迹二妃墓、湘妃庙、飞来钟等。君山的竹子很有名，有斑竹、罗汉竹、紫竹、毛竹等。这里每年都举办盛大的龙舟节、荷花节和水上运动。

岳阳楼雄踞于岳阳古城西隅，东倚巴陵山，西临洞庭湖，北枕万里长江，南望三湘四水，气势豪壮不凡。它与武昌的黄鹤楼、南昌的滕王阁并称为"江南三大名楼"。始建于唐开元四年（716年）。宋庆历五年（1045年）滕子京重修岳阳楼，范仲淹作《岳阳楼记》，其中"先天下之忧而忧，后天下之乐而乐"的名句格言，更使岳阳楼名闻天下。该楼高19米，为四柱三层，飞檐盔顶的纯木结构。楼顶承托在玲珑剔透的如意斗拱上，曲线流畅，陡而复翘，宛如古代武士的头盔，为我国现存古建筑中所罕见。现在的岳阳楼为1984年重修，保持了原有的历史风貌。登岳阳楼可浏览八百里洞庭湖的湖光山色。

洞庭湖不仅风光绝佳，而且素称"鱼米之乡"，其物产极为丰富。滨湖盛产稻谷，湖中盛产鱼虾，自古为我国淡水鱼著名产地。湖中的特产有河蚌、黄鳝、洞庭蟹等珍贵的河鲜。还有君山名茶、罗汉竹、方竹、实竹、紫竹、斑竹、毛竹等竹类产品，种类亦很繁多。

洞庭湖的"湖中湖"莲湖，盛产驰名中外的湘莲。湘莲颗粒饱满，肉质鲜嫩，历代被视为莲中珍品。唐代著名诗人李商隐有《洞庭鱼》一诗："洞庭鱼可拾，不假更垂罾。闹若雨前蚊，多如秋后蝇。"可见鱼之多。湖南全省商品粮的40%、商品棉的90%、商品油的50%，商品鱼的70%都来自洞庭湖畔。洞庭湖湿地面积，占我国亚热带湿地的1/4。洞庭湖区苎麻产量，占到全国的1/3。洞庭湖区从1969年开始发展淡水珍珠养殖，目前年产量占全国的80%，全世界的一半以上。被列入"国际濒危物种红皮书"的小白额雁，冬季主要在洞庭湖区一带越冬。

对于洞庭湖的美景，古人早有总结，清代《洞庭湖志》所载"潇湘八景"中的"洞庭秋月"、"远浦归帆"、"平沙落雁"、"渔村夕照"、"江天暮雪"以及"日影"、"月影"、"云影"、"雪影"、"山影"、"塔影"、"帆影"、"渔影"、"鸥影"、"雁影"等洞庭湖"十影"。

洞庭湖是一个古老的湖，神奇的湖。早在两千多年前的战国时代，伟大的爱国诗人屈原就在他的诗词中对美丽神奇的洞庭湖做过反复的吟咏，在《湘君》、《湘夫人》的篇中，把洞庭描绘成神仙出没之所：一对美貌的恋爱之神，湘君和湘夫人，乘着轻快如飞的桂舟，吹着娓娓动听的排箫，游弋在秋风袅袅的洞庭波上。湘君之神以洞庭一带所特有的荷花、香芷、杜衡、紫贝、桂树、木兰、辛夷、薜荔，构造一座五彩缤纷，芳香四溢的水中宫室，以迎接湘夫人的光临。屈原是来到洞庭湖的第一位伟大诗人，开创了用诗歌歌颂洞庭风光的先例，把洞庭之美带入了艺术之宫。

此后历代文人骚客，各以自己的彩笔，把洞庭描绘成一幅美丽、神奇的图画。娥皇、女英怀念丈夫的凄切悲剧发生在这里，柳毅传书结良缘的喜剧故事也发生在这里。八仙之一吕洞宾，虽然往来倏忽，但八百里洞庭湖却是他的重要据点。这些神话传说和美好想象虽然不足为据，但是洞庭湖作为我国民族文化摇篮之一的地位却是毋庸置疑的。近些年来，人们在洞庭湖滨发现了一系列史前文化遗址，说明新石器时期，洞庭湖已经被开发利用了。洞庭湖以其肥沃的土地、富饶的资源，为人类的生存提供了自然环境和条件。远古时期，这一带就开始有了稻谷、苎麻、芦苇生产；春秋战国时期，洞庭湖的鱼已经享誉华夏；汉代有了茶叶生产；宋元之际棉花生产已经相当发达。洞庭湖的水运优势很早就得到了开发。今日的洞庭湖更是祖国的鱼米之乡、棉麻之乡、茶叶之乡，人们赞美洞庭湖："祖国的金盆子。"

洞庭湖的气势雄伟磅礴，洞庭湖的月色柔和瑰丽。即使是在阴晦沉霾的天气，也给人别致、谲秘的感觉，激起人们的游兴。碧波万顷的洞庭湖不愧为"天下第一水"。泛舟湖间，心旷神怡，其乐无穷。

日出江花红胜火，春来江水绿如蓝
——神往的江南美景

忆江南

白居易

江南好，风景旧曾谙。
日出江花红胜火，春来江水绿如蓝，
能不忆江南。

江南是文人墨客聚集的地方，当然少不了美女相伴。单看那秦淮河畔，就有数不清的缠绵故事流传至今，才子美人舒长袖，赋佳词，沉浸在"春花秋月"，一代君主也为这美景佳人陶醉，江山社稷似乎也无关紧要，到后来空留下"故国不堪回首月明中"的慨叹。如果不是身为君主，或许历史上又多了一位让后人传唱的风流才俊了。

　　江南是一幅水墨山水画，绿草荫荫，亭台曲徊，小桥流水，似乎总有丝丝细雨牵住行人的衣襟，连吹过的风也温柔缠绵。廊桥楼阁之间，总有几个袅袅婷婷的女子，或许还有似隐似现的男儿在横笛探看。他们都是画中的风景，而诗人却又是赏画的人，当你努力试图想走进这一幅画中，却发现自己是根本不能融入其中的。

　　大概因为这风的温柔，雨的缠绵，江南似乎总与一些美丽的传说故事有关。为报前世恩情千年修炼的白蛇精；生不同寝死同眠、化蝶而舞的梁山伯与祝英台；傲骨铮铮怒沉百宝箱的杜十娘，更有那红楼梦中多愁善感的林黛玉。如此多的美丽爱情故事都在江南诞生。

　　江南的女子，总是一身织锦点翠的旗袍，高高盘起的发髻，鬓旁斜插一朵淡淡的小花，迈着细碎的脚步，婀娜穿行于雨巷中，如那丁香姑娘般娴静。而江南的男子，却总是如古戏中一样，甩着长长的水袖，慢悠悠念着我听不懂的吴侬软语，说话如唱戏一般斯文，永远不担心他有生气发火的时候。其实明知道现实并非如此，但梦中的我还是固执的认为江南女子和男人的形象便是这样。而游人是听惯了高亢悠扬的信天游，连耳边吹过的风都带着呼啦啦的哨声，所以骨子里反是喜欢北方男子那一份豪气。

　　江南山也秀丽，水也明媚，绿树红花，船帆点点。一次次想让你走入梦中，变成梦的一部分，却又无来由的胆怯，不敢走近。怕走近了就再也不能做梦，更怕走近了却发现原来并不如梦中静美，怕碎了这一份好梦无从拾起。

　　梦江南，江南梦，江南的水仍然静静的等待在夕阳下，江南的柳丝仍在晚风中摇曳，或许是在等着游人，而游人却是不能去拥抱它的多情，江南仍是游人遥远而美丽的梦，珍藏在心底的梦。

江南龙门湾，古称鸬鹚湾，因为以前曾有许多鸬鹚在此捕鱼而得名，又因为它是由上游芦茨溪、大源溪汇入富春江的一处港湾叉口，而中间有一小岛突出水面，如双龙戏珠，故名龙门湾。以前，这一带又是山货水运的埠头，所以又称鸬鹚埠。现在的龙门湾景区是富春江板块的一处新景点，景区面积有 5.5 平方公里，其中水域面积为 1.5 平方公里，整个风景区汇峡谷、平湖、孤屿、悬崖、瀑布、奇松于一身，具有山水和谐，山势峻峭，水色澄碧，山居民风，渔村风情等特色。这里由于受环境对气候的调节作用，又形成江南独特的小气候，冬暖夏凉，尤其因为这里的浅水地带特别多，所以夏季又是天然的游泳场。

相传"芦茨十景"为昔日芦茨湾一带美丽风光之荟萃，通过文人加工润色而成。

高山白布　现"下湾渔唱"摩崖石刻以南、靠富春江一侧之山，山高陡峭，有多处瀑布，在唐代，人烟很少，这一带山林绿化、水土涵养很好，常年都有瀑布，犹如一条条长长的白布挂在山川前，"高山白布"因此而得名。

下湾渔唱　原地点在现"下湾渔唱"摩崖石刻对面、桐浦公路下，原有一大块岩石，芦茨村渔船都停泊在岩石边上，渔船上有鸬鹚，每当渔民齐声呼喊"哦——！哦——！"，则鸬鹚纷纷飞起，一头扎进水中抓鱼，上来后衔鱼放置在各自的主人船上，之后又都停息在大岩石上面，形成"下湾渔唱"景观。

孤屿停云　地点在钓鱼岛，原称庙山，因傍依富春江，又有大源、小源二溪汇合，水汽较多，尤其雨天雾日，或雨后天晴之际，在云雾笼罩间，宛如一条飘忽的白带系在山腰间，形成"孤屿停云"之美景。

暮鼓晨钟　庙山（钓鱼岛）前有陈公庙（又称鸬鹚庙、陈孚佑候庙、陈伯念伍老相公庙），庙分两进，前为庙，供奉陈老相公菩萨雕像，后为钟鼓楼，道士们于每日清晨卯时敲钟，傍晚酉时击鼓，钟鼓声悠扬飘荡于鸬鹚湾，为世外桃源似的芦茨村谱写了一曲美妙的音乐。

东山书院　在庙山（钓鱼岛）东侧有书院，乃古时芦茨村私塾，相传方干及其后18进士都在此启蒙念书，书院是三进三厅二天井的古老房子，有五百多平方，还有花园，园中有石旗杆，高6米余，据传是因芦茨村出了"探花"而建。园中有一株罗汉松，要一人才能拿抱过来，有数百年历史。园中曲径由鹅卵石铺成。

玉阶古桥　古桥全部用木头搭架在芦茨庙前大源溪上，长40余米，桥面宽3米，边无栏杆扶手，桥脚用梓树或樟树呈三角架支撑构成，桥板则用杉木，方干在诗中称咏桥。

双溪流月　大小源溪在玉阶古桥前10余米处交汇，在月明之夜，有两个倒影在水中荡漾的月亮相撞在一起的奇景，现在此处已没入水库底下。此景在小源双溪口，即杨田与梅树坞交界处也可见到。

凤山夕照　庙山对面、大母山村后山叫凤山，在涨洪水期间，水位涨至鸬鹚庙前的大小源溪里，傍晚时分，夕阳、晚霞、凤山倒影在庙前溪水中，形成一道美丽的风景线，现尚剩"唐松迎客"景观。

清芬高阁　在迎客松处原有一阁，即清芬高阁，相传方干常在此阁会友饮酒作诗，在诗中称迎客松为咏松。

盘山石壁　芦茨乡政府后有一道高50米左右、长200余米的陡峭石壁，壁顶有一山径如栈道，永安亭傍壁而立，亭为清道光年间建造，上题"奇峰千古"四个大字，石柱镌"澄潭过筏，檐牙倒影触篙锋；别径通樵，柱脚答声添屐韵。"及"青峰分来刚半壁，白云深处识全源"二楹联。壁顶另有一处岩石叫棋盘岗，宽20米，相传是神仙弈棋处，旁有石笋，高10余米。

江南最著名的第一漂位于徽水河流经泾县的最后一段，上起乌溪乡姚村，下止黄村乡，景区全长约20公里。景区内河道蜿蜒曲折，水流湍急，两岸层峦叠翠风光绮丽，是休闲旅游的好去处。

徽水河漂流途经五大景区：起筏地叫龙潭，滩长浪急，游人在竹筏上随浪俯仰，跌宕穿梭，一种战胜大自然的酣畅淋漓之感油然而生。接下来是"早雾山"景区。这里终日云雾缭绕，而水平浪稳，使游人跌宕之心转而为柔情惬意。

早雾山下端河道突转急弯，形成"刁潭"，岸边巨石上的"潭古印"，形象地记录了昔日放筏工艰难的岁月。这里不知有多少放筏工误落水中，而落水者却浮而不沉，因而留下了"刁潭不刁"的神奇传说。而"胡老湾冲浪"则更是一弯三折，滩中有垅、垅中有滩，千余米的河道落差一米多，游人最能体现"两岸猿声啼不住，轻舟已过万重山"的古诗意境。急滩甫过，柳暗花明又一村——溪西山到了，这里山高水秀，常有云雾缭绕，村舍依山俯傍水而筑，是道地的农家风光。沿流停筏，小扣柴扉，你能喝到顶级的绿茶"溪西山毛峰"。接下来便到了五雀岭景区，这里有鸡公石、马影石、木鱼墩、百亩草坪、高滩晚钓、断桥绿水等景点，人称"江南小漓江"。

早雾山景区，因雾多而得名，是进去野鸭嬉戏的地方，这里山清水秀，景色优美，完全是一派充满柔情而轻松的格调，最能体现古诗人两岸猿声啼不住，轻舟已过万重山的意境。景点有古木桥、龙潭石、龙风石、小赤壁、长寿石、刁潭古印、蟹形山、明朝古墓群等。

关于龙风石有这样一个传说。传说龙潭的下面有一个洞通往东海，洞里有很多的鱼，遇到灾年的时候，村民就靠到龙潭捕鱼度荒。一次，龙潭村的一后生为了娶财主的女儿强行在龙潭帮财主捕鱼，不幸被看守龙潭的鲑鱼刺死。鲑鱼伤人性命私犯天条，东海龙王一怒之下，搬来海中岩石压在龙潭上，并将看护徽水河的小龙王也压在龙潭边的毛山下。小龙王每天流很多口水，就是我们现在所看到的龙井。龙井只有一米多深，但它常年都不干涸，井里不长青草，也没有苔藓，而井的四周却水草茂盛。而且还有一种习俗，即每年农历二月二的时候，龙潭村的男男女女、老老少少都要去喝一口龙井的水，以保佑他们这一年都平安无事。龙井的水是不是真的能起到除病消灾的作用呢？小龙王每天喘一次气，以至于毛山上的十几亩碎石被吹的每天翻一个身，这便是龙风石。可以说龙风石几千年来寸草不生！

胡老湾景区，最有激情的就是胡老湾冲浪，这里一湾三拐，滩中有垅、垅中有滩，冲浪时涛风抹雪，如诗如画，风韵独特，有惊无险堪称一绝。在这里您可以观赏到古石道、燕子笼、鸡公石、跳水崖等景点，并在回归自然游泳场尽情沐浴一番后，走上岸去，品尝地方特色的柴烧农家饭。

马饮石湖景区，人称江南小漓江。景点有百亩草坪、百亩竹园、木鱼墩、马饮石、五雀岭、龙口漂、断桥双水和运河。

江南第一漂与泾县境内的太平湖、桃花潭、水西寺、新四军军部旧址、皖南事变烈士陵园、王稼祥故居等七十多处自然、人文景观融为一体，让您流连忘返。宣纸、宣笔、茶叶、琴鱼、香菇、山蕨、山笋、精细糕点是江南第一漂奉献给您的珍贵礼物。

回归自然，走进远古——当今游者新时尚。漂流在这如诗如画如歌的景区里，您的心将被这天然朴素、纤尘不染的青山绿水所融化。山在雾中，水在山中，人在画中，恰似一幅情趣盎然的国画精品。

一生好入名山游：诗词中的山川风景

潮落夜江斜月里，两三星火是瓜州
——军事要地金陵渡

题金陵渡

张祜

金陵津渡小山楼，一宿行人自可愁。

潮落夜江斜月里，两三星火是瓜州。

这是唐诗中的一首短诗，其实诗中的"金陵渡"是指镇江今天小码头街一带（西津渡）。古代镇江，一直就是沟通大江南北的要冲。无论春秋时代的朱方，秦代的丹徒，三国的京口，金陵渡都是当时的军事重地和交通要津。隋唐以后，朝廷打压六朝古都的南京，贬为县级，镇江却升为润州，再由于南北大运河的修通，镇江地位日显重要。在那漫长的岁月里，它是我国东南地区漕粮、丝绸等物质北运京师的重要港口。历代著名文人李白、孟浩然、张祜、苏轼、米芾等都在此候船、登岸，并留下为世传诵的篇章。

镇江市西北的云台山下，围绕着两条不同风格的悠悠小街，一条是有着典型的近代殖民时期建筑风格的伯先路，一条是有着典型的江南古典小街风格的西津渡街。两者的风格虽截然不同，但在这里却显得那么的协调——历史与文化的协调。比起其他镇江的著名景点来说，它们显得没有名气，但正是如此，她们才得以保留那原汁原味的建筑风格和本土风情，她们具备的魅力足以令人留连忘返。

镇江，因江而城、因江而市、因江而名，在水运为主要交通手段的古代，一座临水的商埠、交通的要塞、兵家的重地，渡口则必是繁华。如今因长江河道北移，镇江的古渡口也早已荒废，现在已成了一条古街，一个看不见江面的渡口遗迹，而在这条街上，就有今日想要造访的昭关白塔，一座古老的过街石塔。穿古塔，必游古街，塔已然就是街的灵魂所在。

如果说金山是因那个神话传说而声名远扬，那么西津古渡则以其幽幽中弥漫的历史沧桑感而深深打动着游客。

西津渡，在城西云台山阴（又名蒜山），以前和金山隔江相望，又名银山，那时金山还未和南岸相接。云台山也是镇江这座历史文化名城的"文脉"所在，诸葛孔明火烧赤壁的计谋就在这里定下的，此后，云台山被人们称为"算"山，渐渐也就演变成了今日的"蒜"山。并且这里也是镇江文物古迹保存最多、最集中、最完好的地区，共有文物保护单位 12 处，其中国家级文物保护单位 1 处，省级文物保护单位 2 处。

　　古时候，这里东面有象山为屏障，挡住汹涌的海潮，北面与古邗沟相对应，临江断矶绝壁，是岸线稳定的天然港湾。六朝时期，这里的渡江航线就已固定。规模空前的"永嘉南渡"时期，北方流民有一半以上是从这里登岸的。东晋隆安五年（401），农民起义军领袖孙恩率领"战士十万，楼船千艘"，由海入江，直抵镇江，战略目标就是"鼓噪登蒜山"，控制西津渡口，切断南北联系，以围攻晋都建业（今南京），后被刘裕率领的北府兵打败。公元 684 年，唐高宗李治驾崩以后，皇后武则天临朝称帝，徐敬业、骆宾王等在扬州发动武装暴动，骆宾王写下了传诵千古的著名檄文《为徐敬业讨武曌檄》，一时天下震动。兵败后，徐敬业、骆宾王等渡江"奔润州，潜蒜山下"。宋代，这里是抗金前线，韩世忠曾驻兵蒜山抗御金兵南侵。千百年来，发生在这里的重要战事有数百次之多。西津古渡依山临江，风景峻秀，李白、孟浩然、张祜、王安石、苏轼、米芾、陆游、马可·波罗等都曾在此候船或登岸，并留下了许多为后人传诵的诗篇。可以说，蒜山西津古渡一带是了解镇江古代近代变迁的绝佳之处。

西津渡，当我来到这条古街时，已是夕阳西下。一道雕花砖砌的券门立于坡顶，上书"西津渡街"字样，四个字嵌在券门青砖屏幕墙壁上，券门内侧镶嵌有饰纹汉白玉大理石，左侧是镇江市博物馆。镇江市博物馆设在英国领事馆驻镇江的旧址之上，其主楼是一座三层西式楼房。据说，英国领事馆还有四处附属建筑，主楼南侧为正、副领事住宅，西南、西北各有一幢分别是职员宿舍和生活用房。整个建筑矗立于云台山五十三坡上，青砖黛瓦，古朴凝重，浑然一体。五十三坡是通向云台山的坡道，共有五十三级，取自佛教五十三佛，五十三参之意，五十三坡因此得名。古街的路面是用石板铺成，随着时光流逝，石板路上留下深深车辙印痕。

近券门的木结构店铺已经适应了现代商业氛围，成为了当地古玩字画的交易场所，热闹的休息日，店铺连同券门外的阶梯都成了市场，平常日子里则人迹寥寥，惟有店铺门口的竹椅、木凳和时不时窜出的京巴狗透露出宁静中的生机。或许我这次来的亦不是时候，只有一间店铺还在营业，店铺前摆放的过期杂志让人看着颓废。

在五十三坡的西面是镇江博物馆，原英国领事馆，为全国重点文物保护单位。其主楼有东印度的建筑风格，高低错落有致，历经百年风雨而风姿依旧。在楼的顶端刻有"1890"的字样。这个数字为什么会刻在上面呢？镇江城西老街上为什么会有英国领事馆？并不是所有的镇江人都能说出一个道道来。原来在第二次鸦片战争（公元1858年），英国强迫清政府先后签订了《天津条约》和《北京条约》。在《天津条约》第十款中规定："准将自汉口溯流至海各地，选择不逾三口，准为英船出进货物通商之区。"从此汉口、九江、镇江三处开埠，并提出镇江在一年之后立口通商。1861 年 5 月 10 日镇江正式立埠，开埠时间比汉口、九江、南京都早。1861 年 1－2 月，英国领事馆选址云台山，租地面积山上为 30 亩，山下为 112 亩，总计为 142 亩。言明租金每亩一钱一分七厘五毫，漕米七升八合八勺，山上土地每十亩作一亩，合计租金为银十三两五钱一分三厘，米九石零六升三合。这样英国殖民者就以极其低廉的价格取得了这块地盘的永久使用权。英国领事馆租界的区域曾由当时的英领事费笠士在镇江设四至界石。大致范围是，西至小码头，北至江边，东至镇屏山巷，南至银山门。在界内筑三条马路，于交通要碍处设置栅栏四座，早晚关闭，不许中国人入内。英国领事馆在镇江划定租界，从一开始就遭到镇江人民的反对。特别是光绪十四年（公元 1888 年），镇江爆发了火烧英国领事馆和教堂的事件。1888 年农历正月初六，一康姓小贩在租界内设摊遭印度巡捕毒打致死，英国领事馆官员对此置之不理，激起了镇江人民的公愤。数千群众自动聚集起来，包围了英国领事馆和教堂，英国巡捕竟然向群众开枪射击，更激起了群众的义愤。愤怒的群众举火焚毁了领事馆和十五处教堂。吓得平时气焰嚣张的英国殖民者屁滚尿流，匆忙跳上停泊在镇江长江江面上的太古轮，狼狈地逃跑到上海。但由于清政府的软弱无能，于 1890 年在此原址上重建了英国领事馆。

走过两座沧桑香炉，踱步在辕迹斑斑的石板路上，就像走在了零乱而高深的历史思绪里，让人仿佛进入了另一个时空。一路走过，一切显得如此静谧，墙里墙外，让人不舍拾步离去。有意思的是，墙内洋楼上的大狗看到我好不兴奋，见我离去时，差不多有跳下窗随我而去的意向。

再往前走，就可见到立于古街之上的一座过街石塔，白色的喇嘛塔矗立于通道的上方，它是西津渡古街的灵魂，在肃穆中透出宁静，是那么神闲气定，俯视芸芸众生；塔基之下有修葺纪念碑，上书"西津渡过街塔又称昭关石塔、观音洞喇嘛塔、瓶塔，系元武宗海山皇帝命画塑元大都白塔寺工匠刘高仿京刹梵相而作的金山般若禅院的一部分。竣工于元至大四年（公元1311年）或稍前"。由此可见这一建于元代的过街塔至今已经历过600多年的风雨沧桑，且与北京老城中的白塔寺还有着嫡亲渊源。我此行正是为它而来，此刻看到它，又不免生出些许喜爱之情。似门，却是塔。塔下的台座是四根石柱架石坊的梁式结构，有石门框东西贯通，因此，无论你从哪里走进古街，都无法避过这座白色的石塔。此塔因塔基上刻有"昭关"二字而得名。塔高约6米，由云台和上部石塔构成。云台上为青石盖板，东西立面刻有"昭关"。南北立面镌刻梵文六字真言："唵嘛呢叭咪吽"。石塔为二重亚字形须弥座。塔身由宝瓶、伞盖、相轮、四出轩式座基、复钵、基座构成。雕饰莲瓣基座上刻有："观音曼荼罗"和"黄财曼荼罗"，故从塔下石门经过，观音菩萨保其平安而无灾障；黄财神则佑其生财而致富。按佛经解释，从塔下经过，即为向佛顶礼膜拜。来往行人每从塔下经过，便经历了一次顶礼膜拜。石塔不仅是在营造一种佛教氛围，更是为了祈求保佑来往渡船的平安。西津渡街凌空高悬的过街石塔是一座造型精美、独具匠心、寓意深邃的佛塔。据说，过街石塔目前仅镇江和北京有，但位于北京居庸关的石塔现仅存"云台"，即城门，塔早毁。因此说，镇江的这座石塔是我国惟一保留完整、年代最久的喇嘛式过街石塔，具有极高的研究价值。

在石塔的旁边是救生会。唐代诗人孟浩然曾经在《扬子津望京口》写道："北固临京口，夷山近海滨。江风白浪起，愁煞渡头人。"因当时长江经常有险情，后来，慈善机构于清朝康熙三十一年（1693年）建立了救生会，救护长江上过往遇险船只和人员。救生会的历史悠久、影响很大，配有红船，是专门从事水上救援工作的慈善机构。

穿过昭关石塔，是一座黑色铁质香炉，香炉正对的门洞上书有"观音洞"三字，观音洞临街而建，高大古朴，虽然风雨斑驳了立面，却依旧显示出宗教的肃穆庄严。在数百近千年的时间跨度中，当西津渡已经成为横渡长江的重要港口时，长江天堑之于当时的交通工具仍然意味着巨大的风险，面对难以卜测的风浪，人们只有祈求于宗教的护佑。

走出观音寺前的"共渡慈航"券门，西津古道开始沿阶而下，直至待渡亭，坡道上的青石板中间有一坡面，坡面当中留有深深的车辙，坡面一来作雨天快速排水之用，二来用于在西津渡上岸或离港的大宗货物运输之用，那些车辙痕迹则来自当年运货所用之独轮车，这些历史的印迹，令人遥想当年西津渡人来货往的繁盛景象。沿观音洞一路下行，踏在青石板路上，一直到现在的长江路，当年的老街店面，诸如"吉瑞里西街1914"、"民国元年春长安里"、"德安里"等匾额至今犹在。据当地老人家说，在这短短几百米长的街道上当年有各式店铺 150 多家，从行业种类上看，有饮食方面的，有生活和文化方面的，当然，还有许多是专门为船家服务的店铺，诸如木匠店、缆绳店等。解放前这里还专门设有一个警察分局，这些林林总总的店铺加上救生会和救火会，简直就是一个完整的小社会。

走在这条被车轮磨砺出深深印辙的青石板路上，耳边传来了千年的历史回声，这一切使我们情不自禁地激发出无限的遐想和思古之幽情。就连见多识广的英籍华人女作家韩素音置身西津渡古街时，也不由发自内心地连声赞叹说："漫步在这条古朴典雅的古街道上，仿佛是在一座天然历史博物馆内散步。这里才是镇江旅游的真正金矿。"中国文物学会会长罗哲文先生更是把这里誉为"中国古渡博物馆"。

不仅如此，西津渡还是宗教与世俗、人文与自然的和谐交融，本身就是一部令人玩味无穷的历史长卷。关于这一点，古街上由东向西的四道券门石额上的题刻就给了我们明白无误的提示。题刻分别是："同登觉路"、"共渡慈航"、"飞阁流丹"、"层峦耸翠"。无疑，呈现在我们面前的是原汁原味的历史风情和风貌。西津渡古街救生会、昭关石塔、观音洞的维修和保护，获联合国教科文组织 2001 年亚太地区文化遗产保护杰出项目奖。

西津渡街，民谚谓是："唐宋元明清，从古看到今。"全长约 1000 米的古街，始创于六朝时期，历经唐宋元明清五个朝代的建设，留下了如今的规模，因此，整条街随处可见六朝至清代的历史踪迹。透过这个"一眼看千年"，你会不会有时光穿梭的遐想呢？

到了建于清朝的待渡亭，就走完了西津渡街现存最完美的部分。"待渡亭"顾名思义就相当于现在的港口码头的候客处，当年的商旅们想来曾在此俯视滚滚长江，怀着各式心情等待着一次难以预测的远行。西津渡历代皆为渡口，清代建起了待渡亭，现石阶及亭尚存。待渡亭为当时京江24景之一。待渡亭是古人迎来送往的小憩避雨场所。亭内竖立汉白玉石刻一块。昔日，有多少文人墨客在待渡亭观望江水的潮起潮落，聆听涛声的延绵不绝，演绎着万种风情。西津渡，三国时叫"蒜山渡"，唐代曾名"金陵渡"，宋代以后才称为"西津渡"。这里原先紧临长江，滚滚江水就从脚下流过。清代以后，由于江滩淤涨，江岸逐渐北移，渡口遂下移到玉山脚下的超岸寺旁。

西津渡街的繁盛正得益于这一地理优势，其创建始于六朝，历经唐宋元明清五个朝代近两千年的积淀，才有了如今的规模。沿街而行，行人能感知到近千年的历史，更能触摸到镇江老城的"文脉"和"底蕴"。

三国时期，这里曾驻有孙权的东吴水师，唐代以后这里更是专门派有兵丁守卫巡逻。宋熙宁元年（1608）春，王安石应召赴京，从西津渡扬舟北去，舟次瓜洲时，即景抒情，写下了著名的《泊船瓜洲》诗：京口瓜洲一水间，钟山只隔数重山。春风又绿江南岸，明月何时照我还。

元朝时意大利著名旅行家马可·波罗游历江南，也是在西津渡登岸。由此可见，至少从三国时期开始，西津渡就是著名的长江渡口。镇江自唐代以来便是漕运重镇，交通咽喉。西津渡则是当时镇江通往江北的惟一渡口，具有极其重要的战略地位，自三国以来一直是兵家必争之地。

陆游途径西津渡时，曾对渡口每日运送上千的兵源感叹不已。清代诗人于树滋所写的诗更道出了西津渡口人来舟往的繁忙景观：粮艘次第出西津，一片旗帆照水滨。稳渡中流入瓜口，飞章驰驿奏枫宸。

沿着古街一路往西走，街道两边鳞次栉比的两层小楼把游人带回到那笙歌曼舞的年代。古街上的建筑多为明清时期的遗迹。砖木结构，飞檐雕花的窗栏一律油漆成朱红色，给人以"飞阁流丹"的感觉。青石板路面上那深深的车辙足以证明这千年古渡、千年老街当年的繁华。那错落有致的两层小楼，那翘阁飞檐，那窗上的雕花，那斑驳的柜台，那杉木的十板门，无不向我们娓娓诉说着"千年古渡，千年老街"的沧桑。西津渡街是古老的、历史的，但同时它又是年轻的、现代的。古街的居民沐浴在和煦的阳光中，沉浸在往事的回忆里，悠闲自得地生活着。也许他们的眼前是骑着毛驴上金山的游客的身影，耳畔交织着此起彼伏的叫卖声和笙箫管笛如泣如诉的旋律。他们咀嚼着历史，如同咀嚼着回卤豆腐干和麦芽糖的滋味。

近千年的历史文化的积淀，让西津渡周边不大的区域成为了研究那段历史的活化石。一路走来所见到的元代石塔、临街的明清建筑及民居不过是最表层的遗留罢了。据近年考古人员对西津渡地区沿街一线的考察发现，整个街道下面叠压着3—5米厚的文化堆积层，包括从清代到唐代的历代路土遗迹。在唐代路基的块石下面，即是鹅卵石、流砂地层。文化堆积中出土遗物丰富，早期见有六朝砖瓦及先秦时期夹砂陶鼎足等，唐代遗物有莲花纹方砖、瓦当、璧足形碗、唐三彩器，宋代遗物则有陶瓷器及琉璃筒瓦、铁刀、撑船竹篙的铁脚等。这反映出，古街的修筑、使用从未中断，千年古渡的街道走向是稳定如一的。

值得玩味的是，虽然西津渡地处于镇江人口稠密的老城区，但因其地处云台山麓，又有象山遮挡，经济开发价值显然不如那些一马平川的开阔之地，于是，幸运地躲过了近年来老城改造和建设之风的破坏。而作为如此具备文化与观赏价值的去处，也并未因近年来的旅游热而受到过度开发，甚至连门票都没有，管理者也少见，完全的原生状态。平时整个区域内游客并不多，进入西津渡头道券门后更是人迹寥寥，而且其他路人基本都是过路的本地人，无嘈杂游人之乱耳，当地住户的生活也与古朴的建筑浑然天成。

从待渡亭继续下行，穿过一片老式民居，约莫 500 米距离处有一小门可进入一处园林，其间有一块高耸壁立的石崖，这就是蒜山石崖，此园为蒜山游园。当年石崖之下即为滚滚长江，石崖也成了扼守江岸的屏障。然而随着岁月流转，原先紧临长江的西津渡口，自清代以后，由于江滩泥沙淤积，导致江岸北移，当年拱卫西津渡口的蒜山石崖如今距离长江江岸已有 300 多米的距离，一条新建的长江路横亘在当年的西津渡与滚滚长江之间。古街之美，让人萦绕心间，挥之不去。待我看到京口第一才女杜秋娘的塑像，不由想起她的那首《金缕衣》的七言绝句："劝君莫惜金缕衣，劝君惜取少年时。花开堪折直须折，莫待无花空折枝。"这首诗是唐诗三百首里最后一首，不知让多少文人墨客感受到镇江女子的多情，同时也让人感受到镇江深厚的文化底蕴。同时，如此直白的词句也将风骚的名声一直留在她的名下。只是在我看来，风骚又何如？论才论貌，这样的一位女子却还是现在的众多女性望尘莫及的。

西津渡古街是一条令人称奇叫绝的古街，全长450米，历经唐宋元明清五个朝代。在不到五百米长的滨江街道上，唐宋元明清历朝遗迹历历可数，沿坡而建的三道券门，古色古香，门楣上历代名人的题字石刻清晰可见。元代的昭关石塔，清代的待渡亭等，均完好无损。西津渡古街上的过街石塔是整条街的灵魂，它于肃穆中透出宁静。历经600多年沧桑，依旧神闲气定，俯视芸芸众生。这是一座建于元代的喇嘛石塔，雄踞古街最高处，为元武宗敕建。当时，代替它的是十字寺，为基督教之礼拜堂，是元武宗下令毁拆十字寺为佛寺，并亲令京前画塑元大都工匠刘高仿京刹梵像而作。皇帝亲谕，自然不凡，一纸诏书，化激烈宗教斗争于无声，这座古街上，便多了一座造型精美、独具匠心、寓意深刻的佛塔，现在已被认定为国内保存最完好、时代最久的过街石塔了。来往行人每从塔下经过，便经历一次顶礼朝拜，虽然前程未卜，但至少给人以心灵的慰藉。横亘的云台山作为天然屏障隔去市区的喧嚣，也较好地保存了古街的风貌。这里的建筑，为江南清代民居特色，门楣上都镌刻长安里、吉瑞里等字样，层层深院，进进房屋，相互通连，又自成一体。临街建筑多为二层小楼，雕花栏杆，传统花格窗棂，漆成朱红色，因是依山缘江，高低错落，节奏明快。夜色下的西津渡古街，显得平静，行人来来往往，居住在临街的居民，便打开门窗，让灯光照射在石板上，然后搬出小桌凳椅，摆上饭菜，在屋外吃饭。有的老人则躺在竹椅上，听着扬州评话，闭目养神，安详自在得教人嫉妒。

而西津渡街与伯先路的交界处，却有一座非常漂亮的殖民时期建筑－原英国领事馆，现在是镇江博物馆。原英国领事馆建筑风格为东印度式的，共5幢，是英国在中国沿海沿江建造的最早的领事馆之一。她依山傍江，错落有致，虽经百年风雨，但风姿依旧。这样具有重要历史、科学、艺术价值的近代建筑遗存，风貌之独特，保存之完好，在全国比较少见。红色，黄色，灰色的墙体体现了殖民者的品位，不知当时殖民者在自己欣赏的建筑阳台上看着当地人虔诚地膜拜石塔是什么样一种风景。伯先路上还有一些出色的近代建筑，广东人建造的广肇公所就是一座很像广东堡宅的建筑，高墙，高门脸，有着漂亮砖雕的大门。由国民党元老于右任题写匾牌的镇江会馆仍发挥着它原来的作用。还有一些不清楚原名的洋建筑也是风韵犹存，掩映生辉。

这样的建筑、这样的风情、这样的文化，让人仿佛回到那种文化碰撞，互相交融却充满幻想的遥远年代。

有人说过这样的话："漫步在这条古朴典雅的古街上，仿佛是在一座天然历史博物馆散步。"

昨天已经成为历史，西津渡古街如今已注入了时代的内涵，赋予时代的活力。悠久的历史，众多的古迹，古朴的生态，淳厚的民风，传统的商业，一切的一切都焕发出一种令人难以言喻的活力。西津渡古街正以它独有的魅力强烈吸引着国内外游客和考古工作者的目光。这就是令人回味无穷的西津渡。这就是蜚声中外的西津渡。

江流天地外，山色有无中
——江河淮汉之一

汉江临眺

王维

楚塞三湘接，荆门九派通。

江流天地外，山色有无中。

郡邑浮前浦，波澜动远空。

襄阳好风日，留醉与山翁。

汉江又称汉水，古时曾叫沔水，与长江、黄河、淮河一道并称"江河淮汉"。汉江全长 1532 公里，就长度而言为长江第一大支流，其发源地在陕西省西南部秦岭与米仓山之间的宁强县（隶属陕西省汉中市，旧称宁羌）冢山，而后向东南穿越秦巴山地的陕南汉中、安康等市，进入鄂西后北过十堰流入丹江水库，出水库后继续向东南流，过襄樊、荆门等市，在武汉市汇入长江。

汉江，这条流淌在秦岭南麓的大江，即使在工业化空前的今天，它依然如诗画般地清澈、安宁、美丽。沿汉江而下，仍可见到许多中国传统文化对这里生活方式的影响。虽然用现代眼光看，汉江颇为沉寂，但正是这里过于沉寂使得它比中国其他许多河流更接近自然与人文的原生态。

今天，随着南水北调工程的实施，汉江又一次在人们的视野中凸现了出来。

如今的汉江仍是中国内陆的一条未被污染的河流，它清洁的水流可以让人直接饮用，她躲在陕西、四川、河南、湖北这些人口密集省份的夹缝里，维系着中国内陆仅存的"田园"，作为中国重要的粮油基地、茶叶产地和水源地而存在。

然而，汉江如今已是一条断断续续的河流，一个个电站水坝将它的脉络生生截断；虽然它的交通使命已经终结，但她还在主宰着所流经的各个城市的生活。作为南水北调的主水源，汉江让北京人在 2008 年喝上了自己清甜的乳汁。

楚人以汉江上游丹阳为起点，取威定霸于春秋战国，开疆拓土，先后统一了 50 多个小国，全盛时领域北至黄河、东至海滨、西至云南、南至湖南。不仅为中华民族的统一建功立业，而且确立了其文化的历史地位，为同时代的中原许多区域文化所不及，在世界范围内也是独具奇秀，无与伦比。

汉江流域面积 15.1 万平方公里，流域涉及鄂、陕、豫、川、渝、甘 6 省市的 20 个地（市）区、78 个县（市）。流域北部以秦岭、外方山及伏牛山与黄河分界；东北以伏牛山及桐柏山与淮河流域为界；西南以大巴山及荆山与嘉陵江、沮漳河为界；东南为江汉平原，无明显的天然分水界限。流域地势西北高，东南低。地质构造大致以浙川——丹江口——南漳为界，以西为褶皱隆起中低山区；

一生好入名山游：诗词中的山川风景

东以平原丘陵为主。

汉江流域属亚热带季风区，气候温和湿润，年降水量873mm，水量较丰沛；但年内分配不均，5—10月径流量占全年75％左右，年际变化较大，是长江各大支流中变化最大的河流，流域水能资源丰富。

汉江干流中下游区，是长江中游重点保护区之一，由于河槽泄洪能力与洪水来量严重不平衡，历史上洪水灾害严重，也是长江支流中洪水灾害最严重的一条。诗人李白曾为它发出了"横溃豁中国，崔嵬飞迅湍"的惊叹。汉江洪水由暴雨形成，峰高量大，并具有较明显的前后期洪水特点。前期夏季洪水发生在9月以前，往往是全流域性的；后期秋季洪水，一般来自上游地区，多为连续洪峰。

汉江流域农业发展较早，江汉平原是我国主要商品粮基地之一；汉中盆地、南阳盆地也是重要的农业区。粮食生产以稻米、小麦为主；主要经济作物为棉花、油料作物、麻类、烤烟及桐油等。

流域内交通运输发达，铁路、公路、水运及航空构成了立体的交通体系。流域最迫切需要解决的问题是防治中下游洪水灾害。1956年在仙桃下游约6km处修建了杜家台分蓄洪工程，1967年建成了丹江口水利枢纽初期工程，还先后建成石泉、安康、石门、黄龙滩、鸭河口等水利枢纽，使汉江的防洪问题得到了较大缓解。干流上在建王甫洲工程。这些工程具有防洪、发电、灌溉、航运等效益，其中丹江口工程已成为华中电力系统最重要的调峰、调频电站之一，也是今后南水北调中线工程的引水水源。目前流域内建成大中小型水库 2700 余座，总库容近 $330 \times 108m^3$。已建成固定机、电排灌站 7000 余处，总装机容量 $66 \times 104kw$。此外在湖北境内还建有大量的沿江涵闸、泵站，具有灌溉和排涝效益，是保证沿江两岸农业生产以及乡镇供水的重要设施。

汉江主要支流有：褒河、丹江、唐河、白河、堵河等。汉江河道曲折，自古有"曲莫如汉"之说。干流丹江口以上为上游，长约925km，两岸高山耸立，峡谷多，水流急，水量大，水能资源丰富；丹江口至钟祥为中游，长约270km，流经低山丘岗，接纳南河和唐白河后，水量和含沙量大增，多沙洲、石滩，河道不稳定；钟祥以下为下游，长约382km，迂回在江汉平原，河床坡降小，水流缓慢，曲流发育，河汊纵横，且愈近河口，河道愈窄，呈倒置喇叭形，泄洪能力差，容易溃口成灾。

在丹江口有许多景点值得一游。著名的银梦湖、清末庄园、丹江大坝、银洞山、小太平洋、憩息园。

银梦湖也称浪河水库。位于丹江口市浪河镇，库区承雨面积 300 平方公里，总库容 3840 万立方米。库区回水线 11 公里，有近 3000 亩的养殖水面。这里交通便利，风景秀丽，鹁鸪声声，鸟语花香，黄羊婉叫，岩润光洁。看远山，潺潺流水；望库区，清碧如染。置身其中，一种回归自然，淳朴酣醉之感油然而生。实属休闲、度假、垂钓、观光、旅游的好去处。

2000 年 8 月，浪河水库与中国文联影视中心北京东方银梦文化发展有限公司正式签订租借协议书，在此建设

"中国文联影视中心武当基地"和"银梦湖旅游度假村"，使该库更名为"银梦湖"。

清末庄园位于丹江口市浪河镇黄龙水田畈村。建于清末民国初年，耗时10年完工。庄园正面阔42.2米，通进深36.4米，建筑面积1118.21平方米，房屋大小百余间。

庄园坐西北朝东南，按中国古建筑传统方式布局，分主体建筑与附属建筑。主体建筑为主人会客、寝居的主要场所。按中轴线依次由正门进入至前庭、天井、中厅（厅堂）到后院天井卧室。两侧对称为配房，完全按中国古建筑"登堂入室"的方式布局。附属建筑是为了完善主体建筑的功能而设的。

在庄园主体建筑右侧，建有由花园和阁楼组成的占地293.4平方米专门为主人休憩与接待客人的场所。在庄园正门右侧建有一座高为四层的炮楼，其第二层至顶层均有瞭望孔与枪眼，以增强庄园的自卫能力。庄园建筑考究，采用清式营造技术，以人为本，按尊卑、长幼建造设计房间。

炮楼为四角攒顶瓦，其他均为小青瓦硬山顶，中厅（厅堂）为小式大木构架，余为抬梁式小木构架。整座建筑雕梁画栋，有砖雕、石雕、木雕，在建筑物柱基、抱鼓、门槛、檐枋、雀替、楼板枋、挑头等部位雕刻有大量图案。挑头采取线刻、浮雕手法雕刻有"十八学士登瀛洲"，檐枋、楼板楼采用透雕、线刻手法雕刻有"三官寿星图"、"三岔口故事"、"刘海砍樵"、"梁祝故事"、"赴京赶考图"、"福禄寿图"等，其他部位雕刻有龙凤、麒麟、动植物、八宝、太极图等图案。雕刻纹饰有云纹、龙纹、汉纹、缠枝纹、雷纹等。比较集中地运用了清代传统的雕刻手法与技艺，是研究清末建筑雕刻技艺难得的实物资料。

丹江大坝在丹江口市区内，汉江与其支流丹江的汇合处。丹江大坝巍然屹立，如同一座水上城墙，截断了奔流不息的汉江。丹江口水利枢纽工程，就由这座拦河大坝和水力发电厂、升船机及湖北、河南两座灌溉引水渠组成。

这是由我国自行勘测、自行设计、自行施工建造的一座具有防洪、发电、灌溉、航运、养殖等综合效益的大型水利工程。拦河大坝顶高 162 米，全长 2494 米，正常蓄水位 157 米，正常蓄水库容 174.5 亿立方米。电厂装机总容量 90 万千瓦，单机 6 台，年均发电量 38 亿度。

湖北清泉沟灌渠和河南陶岔灌渠，年灌溉引水总量共 15 亿立方米。升船机可提升 150 吨的驳船过坝。库内有两条深水航道，可常年通航。水库有效养殖面积 6.7 万公顷，年捕捞鲜鱼总量 700 万公斤。烟波浩渺的人造湖与富有神奇色彩的武当山相映成趣，形成了风景特异的旅游胜地。

银洞山位于丹江口市土关垭集镇以东 5 公里处，这里平均海拔 500 米，属亚热带半湿润半季风性气候，总面积 8000 余亩，常年雾霭缭绕，朝雾蒙蒙，空气湿度较大，适宜茶叶的生长与发育。银洞山茶场土质肥沃、环境优美、气候独特、林木繁茂，是生产名优绿茶不可多得的理想之地。茶园土壤为超基性岩发育而成的油砂性壤土，疏松肥沃，耐渍耐旱，富含硒、钼、锌、锶等多种微量元素。银洞山所产茶叶香气浓郁，滋味鲜醇。主导产品武当关牌武当碧叶以香气浓郁持久、滋味鲜醇回甘、汤色碧绿清澈、叶底嫩绿匀整、外形扁平似剑、暗绿隐翠，2002 年被评为湖北省"二十佳"名优茶称号，同年被十堰市授予全市茶叶生产"五大名茶"，2004 年被评为湖北省"十五大无公害名茶"。武当关牌武当碧叶、武当碧剑、武当碧峰、武当碧针等名优茶成为鄂西北名茶中的一束奇葩，为饮茶爱好者带来无比纯美的享受。银洞山文化底蕴浓厚，朱元璋在银洞山的故事至今还被当地百姓广为传诵。古色古香的明代建筑大成殿，800 多年的银杏古树，香火繁盛的长岭寺，为银洞山披上一层神秘的面纱，等待世人前来解读！

丹江口水库位于丹江口市、郧县、河南淅川境内，水位 155 米时，水面达 700 平方公里。在丹江、淅川境域水面，烟波浩渺，天水相连，百轮竞发，水鸟翱翔。号称亚洲第一人工湖的"小太平洋"就处在这里。

在汉江古均州一带，天光、水色、山景、云景、帆影衬映出一幅幅绚丽多彩的图画。均州八景之一"龙山烟雨"，文笔塔的北面沧浪亭遗址。库水下落时露出"孺子歌处"、"沧浪适情"等摩岩石刻和岩洞佛像等古迹。旧志载，这里是孔子听到孺子唱沧浪之歌的地方，又是屈原遇到渔夫的地方，还传说陈世美在此读书。

古往今来，文人墨客为之题诗作赋。均州知州张道南在《沧浪亭记中》描绘"……开轩一望风兴，云霭、沙鸥、水凫无不献媚争奇；石壁嵯峨、嵌崎历落如立着者，如坐者，如卧者。花枝翠柏，奇花野草临水中……渔舟款款，与鸥鸟之声相唱和于山水间……"如今风光更添新色：果林满山坞，鱼箱满江面，春来桃李争艳，秋来柑橘争辉。

憩息园位于丹江口大坝下游 500 米处，占地 6 公顷。园内设有两个景区：即娱乐健身区和盆景观赏区，是一个风景园林、盆景观赏、游乐健身的综合性功能齐全的休憩场所。园内左侧为游乐健身区，设有碰碰车、碰碰船，水上乐园、电动火车、高架车、电动马等 10 余种游乐项目，是大人小孩嬉戏的理想场所。

健身器材主要有扭腰器、云梯、空中滑道等深受游客的青睐。盆景观赏区位于园内右侧，是丹江口地区最大的盆景观赏园，具有浓厚的武当艺术风韵。盆景有几十个品种上千余盆。造型各异，风格独特，如诗如画，别具一格。走进园内，能领略到大自然赋予人类的美，树龄达 300 余年的桂树和 150 年的对节白腊更是令人叹为观止！

汉江千回百折冲出秦巴，堵河奔突起伏汇入江汉，大道自然，逝者如斯。人杰之地必有地灵之宝。鸿濛传说中，女娲曾在此炼石补天，卞和曾在此悲壮献宝。在此钟灵山中出产奇石，应该是自然的事情了。

汉江奇石品质优良、种类丰富，其奇异独具的韵味和气势使之富有地域特色。汉江独有的石种——釉光青——以其造形多变、石质坚硬、色彩厚重等特点在奇石界独树一帜；更有汉江红、彩韵石、神农彩石、卵石、蜡石、墨石等石种各显异彩，独领风骚。

奇石其实是砌不成岸，垫不稳台的另类丑石。沧桑造化，哪一块奇石都是亿万斯年的东西，本来与艺术没有直接因缘，但随着文化的发展，它慢慢进入了文人乃至大众

一生好入名山游：诗词中的山川风景

的生活。说到底，赏石是一种发现的艺术，是人们的文化经验、艺术想象与审美趣味，赋予了千奇百怪的石头的内涵，所谓大雅玩石、石不能言最可人，说的就是这种观照升华的过程与现象。

奇石在全国许多地方已经成为城市文化名片。休闲与文化的融合已成为本世纪城市的现代产业。旅游休闲城市就需要文化趣味、文化品味和文化氛围，文化则又需要多种介质与载体来表现。

最美的诗词故事大全集

飞流直下三千尺，疑是银河落九天
——庐山之飞瀑

望庐山瀑布

李白

日照香炉生紫烟，遥看瀑布挂前川。
飞流直下三千尺，疑是银河落九天。

香炉，指庐山香炉峰，"在庐山西北，其峰尖圆，烟云聚散，如博山香炉之状"（乐史《太平寰宇记》）。可是，到了诗人李白的笔下，便成了另一番景象：一座顶天立地的香炉，冉冉地升起了团团白烟，缥缈于青山蓝天之间，在红日的照射下化成一片紫色的云霞。这不仅把香炉峰渲染得更美，而且富有浪漫主义色彩，为不寻常的瀑布创造了不寻常的背景。接着诗人才把视线移向山壁上的瀑布。巍巍香炉峰藏在云烟雾霭之中，遥望瀑布就如从云端飞流直下，临空而落，这就自然地联想到像是一条银河从天而降。可见，"疑是银河落九天"这一比喻，虽是奇特，但在诗中并不是凭空而来，而是在形象的刻画中自然地生发出来的。它夸张而又自然，新奇而又真切，从而振起全篇，使得整个形象变得更为丰富多彩，雄奇瑰丽，既给人留下了深刻的印象，又给人以想象的余地，显示出李白那种"万里一泻，末势犹壮"的艺术风格。

庐山水源，主要来自大气降水。在雨量丰沛条件下，有多达90多座峰岭的庐山，因地壳运动和冰川剥蚀的巧琢，有的峰岭夹峙峡谷自然形成陡壁深壑，峭崖渊涧，构成众多的瀑床，加上水源四季不断，形成数量众多景观壮美的瀑布，此为庐山一奇。可谓"飞流直下三千尺，疑是银河落九天"。

古人云："泰岱青松，华岳摩岭，黄山云海，匡庐瀑布，并称山川绝胜。"而庐山之美，瀑布居首。

庐山瀑布多姿多彩，景色迷人。唐朝诗人张九龄在湖口望庐山瀑布，便吟诗一首，流传至今。诗曰：万丈红泉落，迢迢半紫氛。奔流下杂树，洒落出重云。日照虹霓似，天清风雨闻。灵山多秀色，空水共氤氲。

庐山瀑布群的瀑布很多，而其中最为壮观的当属三叠泉瀑布，有诗为证："五老峰北磋峨巅，龙泉三迭来自天。"

三叠泉瀑布之水，自大月山流出，缓慢流淌一段后，再过五老峰背，由北崖口悬注于大盘石之上，又飞泻到第二级大盘石，再稍作停息，便又一次喷洒到第三级大盘石上，形成三叠，故得名三叠泉瀑布。三叠泉瀑布素称"庐山第一奇观"，故有"未到三叠泉，不算庐山客"之说。

游人前去观赏三叠泉瀑布，既可以由牯岭街至五老峰旁的"青莲寺茶场"，再循涧至屏风迭，由上向下俯视三叠泉瀑布，亦可从五老峰山麓的东风乡帅家村，步行10余里山径涧溪，过玉川门，再登铁壁峰，直至悬崖僻径的塘塍纤，由下向上仰观三叠泉瀑布。当然，俯视使人有凌虚而飘飘然之感，仰观则具有气势磅礴之豪壮感。游客于铁壁峰昂首遥望，抛珠溅玉的三叠泉瀑布，宛若白鹭群飞，雪浪翻流，又如鲛绡万幅，抖悬长空，万斛明珠，九天抛洒。远踞数十步外山崖之上的观瀑者，目睹此景，虽衣履脸发为谷风吹落的水雾尽湿，仍情不自禁地欢呼雀跃。亦许他们想品评一番，然瀑布轰然落潭之声，使对坐说话，语不相闻。转眼之间，瀑布又经两次折叠，直泻谷底之龙潭中，出龙潭后，水流沿山涧继续流向下游山壑之中。描写三叠泉瀑布之美的游记文字甚多，而以清嘉靖年间进士王世懋的《游五老三叠开先瀑布记》最为著名。其文写道：

"涧逐山止，而三叠泉从山南最高处冉冉旋空而降。初级如云如絮，喷薄吞吐，流注大盘石上，水石冲激，乃始潆洄作态，珠迸玉碎。复注二级石上，汇为巨流，悬崖直下龙潭；飘者如雪，断者如雾，缀者如旒，挂者如帘，散入山足，森然四垂，涌若沸汤，奔若跳鹭，其声则蕴隆之候，风掀电驰，霆震四击，轰轰不绝，又如昆阳、巨鹿之战，万人鸣鼓，瓦缶相应；真天下第一伟观也……"

站在三叠泉瀑布前的观景石台上举目望去，但见全长近百米的白练由北崖口悬注于大盘石之上，又飞泻到第二级大盘石，再稍作停息，便又一次喷洒到第三级大盘石上。白练悬挂于空中，三叠分明，正如古人所云："上级如飘云拖练，中级如碎石摧冰，下级如玉龙走潭。"而在水流飞溅中，远隔十几米仍觉湿意扑面。

赫赫有名的三叠泉瀑布给人的感觉如置身于仙境一般，举目观望，四面峭壁，十分雄伟壮观，瀑布从南侧云雾中飞速而下，溅起 3 米多高的水花，像天上嫦娥的绢绢丝带，温柔中又带几分刚毅，突出的岩石，把从天而降的泉水像扯布一样从中分成三道水帘。第一道，泉水如云朵一般，喷薄而出，忽隐忽现，水撞击岩石，回旋翻腾，犹如珠玉迸碎。泉水落到第二道石嶂上，汇成浩浩荡荡的巨流从悬崖上飞泻而下，飘洒的飞瀑如白雪一般，瀑布四周水雾笼罩，半途离开巨流的水珠却如冕饰前的垂玉。泉水落到第三道岩石上，水流更急，瀑面增宽，像一道银白色的帘子，直垂向下面不可见底的龙潭中。站在池边，水雾扑面，凉丝丝的，十分清爽，心情更舒畅，细细品味着飞瀑，看水击石面，分散聚合，翻滚飞舞，不断形成千奇百怪的形态，水花时而聚合成一头雄狮，时而又激起一条巨蟒，不一会儿又见两股巨流相撞，然后分开，形成一只矫健的雄鹰。但这一切来得突然去得迅速，真像奇妙莫测的神话传说。

然而，三叠泉瀑布的发现，在庐山众多的瀑布中是比较晚的。直至宋光宗绍熙二年（公元 1191 年）始被一个砍樵人发现，当时朱熹正在五老峰下的白鹿洞书院，听说三叠泉之奇景，梦寐不忘，可年老多病，无法亲自观赏，便请人画三叠泉瀑布图给自己欣赏，仍然感到非常惋惜，不禁叹曰："未能一其下以快心目。"

更令人遗憾的是曾写出"庐山东南五老峰，青天削出金芙蓉；九江秀色可揽结，吾将此地巢云松"的唐朝大诗人李白，在太白读书堂中隐居数年，而太白读书堂就在屏风迭上，屏风迭下便是三叠泉瀑布跌落的九迭谷，然而，李白却一直没有发现，否则又该留下传世之杰作了。

除三叠泉瀑布外，庐山瀑布群还有开生瀑、石门涧、玉帘泉、黄龙潭和乌龙潭瀑布等。庐山瀑布群便是以不同的风貌向世人展示它的万般风情。

石门涧瀑布是庐山众多瀑布中最早录入史册的。两千多年前的《后汉书地理》中就有记载："庐山西南有双阙，壁立千余仞，有瀑布存焉"。石门涧面对峰崖，隔涧箕立，结成危楼险阙。最窄处的"小石门"，两崖之间仅存一缝，游人入"门"须侧身才能通过。峪谷间，高崖悬流成瀑，深谷积水成湖。潜隐湖底的杂乱怪石与兀立溪涧的巨岩，沿涧巧布，成为"石台"，最大的一块光滑的磐石上可坐数十人，石上携有"石门涧"三个大字。

过大磐石，峡谷更加险仄，如剑插天尺，争雄竞秀。在这大断层中，桅杆峰与童子崖从涧底矗箕直上，漓立咫尺，奇峰簇拥，迭峰屏立。削壁千仞的峰峦，几乎都呈九十度垂直，上接霄汉，下临绝涧。真是奇峰奇石奇境界，惊耳惊目心魄，纵有鬼斧神功，也难劈此胜景。

由石门涧上来，步行一段路，便可到黄龙潭、乌龙潭。两潭相邻，各有千秋。黄龙潭幽深、静谧，古木掩映的峡谷间，一道溪涧穿绕石垒而下，银色瀑布冲击成暗绿色的深潭。静坐潭边，听古道落叶、宿鸟鸣涧，自然升起远离尘世、超凡脱俗之感。大雨初过，隆隆不尽的闷雷回荡在密林之中。

乌龙潭原由三个大小不一的潭渊组成，古书中记载："乌龙潭凡三潭，中、上两潭皆高数十百丈，下潭稍平夷。"至今，只见一潭。潭水分五股从巨石隙缝中飞扬而下，短而有力，像是一把银锻的竖琴，在日夜拨动着琴弦。

相传在很久很久以前，黄龙山谷中有两条桀骜不驯的黄龙乌龙时常争斗，引动山洪暴发，周围百姓无法安居乐业。后彻空禅师云游至此，运用法力将二龙分别镇在黄龙潭、乌龙潭中。至今乌龙潭上方的巨石上还镌着"降龙"二字。

"日照香炉生紫烟，遥看瀑布挂前川，飞流直下三千尺，疑是银河落九天。"唐代诗人李白的豪迈之言真让人叹观止矣。如此壮美的景观，深藏于庐山之中，更显出庐山内在的深邃清幽之美。在这青山碧水的人间净地沐浴着瀑布的浪花，感受着大自然的气息，心灵得到了洗涤，而旅途的疲惫早已抛到九霄云外了。

一生好入名山游：诗词中的山川风景

东临碣石，以观沧海
——南方北戴河

观沧海

曹操

东临碣石，以观沧海。

水何澹澹，山岛竦峙。

树木丛生，百草丰茂。

秋风萧瑟，洪波涌起。

日月之行，若出其中。

星汉灿烂，若出其里。

幸甚至哉！歌以咏志。

曹操当年面对北戴河盛景，立即挥毫写下了《观沧海》。大海宽阔和雄伟的景象象征着他自己那种叱咤风云的气概。

在河北省秦皇岛市西南部，因戴河流经其西而得名。它南临渤海，北靠联峰山，东起鹰角亭，西至戴河口，全长约 10 公里，宽约 15 公里，面积近 17 平方公里，是中国北方理想的避暑胜地，是北方天然不冻良港。绊脚倚燕山余脉，面临渤海，东北部有长城山海关，海山壮丽，风景宜人。

2000 多年前的汉代，这里就已成为舟楫聚泊的地方。传说汉武帝和楼船将军杨朴曾不定期来这里。清光绪十九年（1893 年）修建津榆（天津到山海关）铁路时有个英国工程师途经北戴河，发现这里海滩沙软浪平，气候凉爽，既适于海水浴，又是避暑的好地方。他回天津后，大肆宣扬，一些外国传教士和中国资本家便蜂拥而来，开始修建别墅。现在东联峰山顶上的那座楼房，就是当时英国一个牧师修筑的。光绪二十四年（1898 年）清政府将北戴河海滨开辟为各国人士的避暑地。当时驻我国的许多国家公使都在此修建了别墅。来此避暑的外国人，最多时有 64 个不同的国籍。从 1921 年到 1934 年在这里修建的别墅就有 700 多栋，英国府、美国府、吴家楼等各种艺术风格的别墅近千栋，是疗养、休养和避暑游览的胜地。

北戴河海滨，背倚联峰山山峦翠黛，面对渤海湾烟波浩渺，从戴河口到鹰角亭长达 10 公里，海岸漫长曲折，海滩沙软潮平，滩面平缓，海水清澈，处处是优良浴场。这里气候尤其是盛夏，清晨看海边日出，午间海水浴，傍晚观海潮，月夜逛沙滩，海滩拾贝，看落日，赏月景，情趣无限。

海滨浴场各有特点，冲海滩水深清澈；西海滩水浅平和；平水桥和刘庄则是全区最大的海水浴场。喜欢拾贝壳的人会拾到多种不同花纹的海螺和贝壳，有时还会幸运地发现几枚"海宝"（当地人把海菊花、海馒头、海母瓜、海鸳鸯和五星鱼通称为"海宝"）。清晨或傍晚漫步海边，或观赏日出，或欣赏日色，都是别具情趣和诗意的。

北戴河周围环境也很美，风景名胜有骆驼石、对语石、观音寺、老虎石等二十四景。尤以联峰山，莲花石公园和鹰角亭等处最负盛名，公园北面有古雅幽静的观音寺。鹰角石在海滨东北端，孤峰入海，石骨嶙峋，峭壁如削，形似鹰立，鹰角石由此得名。因为过去曾有成群野鸽栖息在石缝内，所以又称鸽子窝。石旁有鹰角亭，雕梁画栋，气势雄伟，在这里观望大海和整个海港，景色甚为壮观，尤其是清晨登亭观海上日出，景色更是壮丽奇异。

金山嘴，又名金沙嘴，在鸽子窝之南，形如鸟嘴突出海面，形成一座半岛，因日出时呈金黄色而得名。南面悬崖壁，东西为低沙滩。明初曾在此设金山卫。登上半岛顶巅，望淘水虽少，但味甜，涨潮时海水漫入，退潮时仍为甜水。

老虎石是位于中海滩的一片礁石，因形似群虎盘踞而得名。每当涨潮，四面皆水，与岸隔绝，不少游人站在石上观海或垂竿钓鱼，别具情趣。

东联峰山，位于北戴河海滨避暑地的中心点，海拔一百多米，山峦突起，群峰相连，因而得名。远望山形似莲蓬，又名莲蓬山。登上山顶，大海前横，极目无际。主要景点：望海亭、莲花石、朱家坟、钟亭、观音寺、瓮石、避雨石、仙人洞、福饮泉、桃源洞、月亮石、说话石。

望海亭雄踞东联峰山山顶。是眺望北戴河海滨全景，远观大海的最佳处。站在望海亭极目远眺有登临瑶池仙境之感。莲花石位于东联峰山山腰密林之中。有奇石罗列，如莲花盛开，中间有一块形体浑圆、状如莲实的巨石，称

"莲花石"。南面，树立着当年"公益会"为建莲花石公园而树的纪念碑。碑阳有中华民国北洋政府大总统徐世昌的诗，碑阴是朱启钤撰写的《莲花石公园记》。朱家坟在莲花石东面，是朱启钤家族的茔地，称"朱家坟"。这里处在林海中，每逢春夏之交，肥硕的紫藤，繁华累累，绚烂多姿。茔地四周，琉璃花墙掩映在密林碧海之中。钟亭在朱家坟西侧丛林中，有一钟亭，攒尖顶，橘黄色琉璃瓦盖顶，内饰彩绘，亭内悬古钟一口，为明嘉靖丙戌年（1526年）铸造，民国初年由北京迁来。轻击此钟，山谷共鸣。

观音寺在莲花石北、东联峰山山腰。因该寺为仿造北京广华寺所建，故又名"广华寺"。始建于明末清初。观音寺建筑风格为四合院式，砖木结构，山门为单檐歇山顶，面宽、进深各1间，门呈拱形，门内正中有泥塑观音座像1尊。东、西侧壁上绘有壁画，山门两侧各有1门，东配殿与南墙间设一角门，西北角有一迴廊与静修禅院相通。东、西配殿均为单檐硬山直柱前廊式，面宽3间，进深2间，建筑上以小青砖铺地，白灰勾缝，清石台基，石极走边。正殿3间，内供观音立像，系仿北京广济寺佛像雕刻而成。足踩洁莲，手持净瓶，面形恬静，线条流畅。另有两尊木雕男女童像侍立两旁。寺院东南角有一口古钟，系明嘉靖四十年（1561年）铸造，寺内还遍植白果、罗汉松、虎皮松、龙爪槐等树木，掩映着红窗绿瓦，古朴幽静，肃穆典雅。

西联峰山，在海滨陆地西距东联峰山里许，山脚之间仅相距三里。西联峰山三峰并峙，山石峭立，石骨峥嵘。

这里南监戴河，萦绕如衣带，风景优美。名胜有对语石，韦驮像、海眼、通天洞、骆驼石等。

海眼又名老虎洞，位于西联峰山主峰西侧面上，其洞口狭小，约为 1 米左右，因在山顶的石隙之中，不易被人发现，洞深约 20 米左右，初进洞内，需要侧身爬入，进深 10 米许，洞略宽大，人可站立。进深 156 米左右处，则只能爬行；再进深则只能容头颅探视。用目测视，深不见底，洞深莫测。侧耳细听，洞内有阵阵海涛之声，传说此洞通向大海，因此旧志中称其为海眼。又因传说此洞曾有老虎居。又叫老虎洞。

骆驼石在西联峰山山后的果园之中，沿联峰山北公路可直达它的面前，骆驼石安卧于一簇巨石之巅。西南面向大海。石身高约 5 米有余，长约 8 米，宽约 8 米，庞然大物状若骆驼。昂首望海，活灵活现。骆驼石腰部向阳处，镌有"中华名胜" 4 个大字。

山海关，"两京锁钥无双地，万里长城第一关。"山海关在河北秦皇岛市东北，明代大将徐达修筑。它北依燕山，南临渤海，因得山海关之名。山海关与老龙头，字海城、南海口关、固的军事防御体系。现存的天下第一关是山海关的东城门，关口是长方形城台，东西向，东为关外，西为关内，南北连接长城。台的中部为砖砌拱门，关门可以开闭，东面连接城台为瓮城，外接长城又一方城，为东罗城。城台上筑楼，两重檐歇心顶，外檐木行枋饰明代彩绘，匾额为"天下第一关"五个大字，为明进士萧显书。山海关城南 4 公里处渤海岸边是老龙头，长城伸入海中，当年戚继光采用铁釜沉基的建筑技术，用生铁灌铸出一个个半球体的铁釜，沉到海底淤泥之中。待铁釜填至水面作为基础，在上面铺石筑墙体，长城东起点的基岩为铁铸。"幽蓟东来第一关，襟连沧海枕青山。"

老龙头位于山海关城南5公里的渤海之滨，原是明代长城的东部起点，是一座名副其实的海陆军事要塞。老龙头伸入渤海中约20多米，大部分用石块垒砌而成，主要景点有入海石城、靖虏台、南海口、澄海楼、宁海城等。入海石城一半位于海平面上，一半在海平面以下，相传是明代抗倭名将戚继光所筑。澄海楼是老龙头的最高点，全部木结构，是清康熙、乾隆回奉天祭祖时，登楼观海、饮酒赋诗之处，现在城楼上的"澄海楼"匾额就是乾隆皇帝御笔亲书。登楼远眺，南可见波涛汹涌，北可观长城蜿蜒，其景致之独到，令人叹为观止。

孟姜女庙位于山海关城东6.5公里处的望夫石村北凤凰山小丘陵之上，又名贞女祠，始建于宋代，明代重修。孟姜女哭长城的故事可谓家喻户晓，寻夫不着的孟姜女愤而投海自尽，以反抗秦始皇的横征暴敛，用无数百姓的血肉之躯建成的长城在她身后轰然倒塌。

整个景区是一座布局合理的园林式建筑，主要景点有长阶、山门、钟亭、前殿、后殿、望夫石等。前殿是孟姜女庙的主体建筑，殿内正中是泥塑的孟姜女像，眼神凄然，殿前大门两侧就是那副著名的对联"海水朝朝朝朝朝朝落；浮云长长长长长长长消"。红墙灰瓦的庙宇在四周青山绿水的掩映下，显得古朴清幽，小巧别致。

一生好入名山游：诗词中的山川风景

著名的碧螺塔公园位于北戴河海滨最东侧（又名小东山），北临旅游码头和鸽子窝公园，南临金山嘴和老虎石公园，东临大海，交通极为便利。是集休闲文化、餐饮文化和演艺文化为一身的休闲性主题公园。园内主建筑碧螺塔为海滨东山地区最高点，塔高21米，共分七层，是世界上独一无二的海螺形螺旋观光塔，登塔远眺，"秦皇岛外打渔船"的海上风光尽收眼底，令您心旷神怡。早观日出，晚看篝火其乐融融⋯⋯

公园三面环海，形似半岛，陆域面积106亩，海域面积1.5平方公里。园内陆域树木丛郁，风光秀丽，沙软潮平。海域礁石错落，适宜浮游生物生长，因此各种鱼、虾、蟹、海参等海洋生物极其丰富，是天然的垂钓宝地。一代伟人邓小平曾到此垂钓，园内有政府部门树立的"邓小平钓鱼处"纪念碑。

公园被定为海上垂钓基地、海上潜水基地、沙滩篝火晚会基地。公园以其优美的自然环境、独特的休闲氛围、个性的餐饮和特色的演艺文化，吸引着广大游客前来参观度假，形成了北戴河旅游新亮点。公园每晚举办沙滩篝火晚会、啤酒沙龙和各类演艺活动，以及海上垂钓、海上迪吧、海上美食广场等特色海上项目，都会给您留下美好的回忆。来吧！朋友，带着您的家人（佳人），邀上您的挚友，率领您的团队，感受公园带给你的浪漫与温馨⋯⋯

往事越千年，魏武挥鞭，东临碣石有遗篇。萧瑟秋风今又是，换了人间。一代伟人纵横古今，由景及情臧否魏武曹操，歌颂山河巨变，尤其是"萧瑟秋风今又是，换了人间"，更是充满人民当家作主的豪情，成为千古绝唱。

瞿塘嘈嘈十二滩，人言道路古来难
——长江三峡之首

竹枝词九首

刘禹锡

瞿塘嘈嘈十二滩，人言道路古来难。
长恨人心不如水，等闲平地起波澜。

此诗借瞿塘峡的艰险，抒发对人世的感慨。瞿塘峡雄踞长江三峡之首，是长江三峡中最短的一个峡，亦称夔峡，西起白帝城，东至巫山大溪镇，全长 8 公里，以其雄伟壮观而著称，有"西控巴渝收万壑，东连荆楚压群山"的雄伟气势，在三段峡谷中，它最短，最狭，最险，气势和景色也最为雄奇壮观。其"雄"首先是山势之雄。难怪古代诗人发出"纵将万管玲珑笔，难写瞿塘两岸山"的赞叹。湍急的江流，闯入夔门，在紧逼的峡谷中奔腾咆哮。船驶峡中，真有"峰与天关接，舟从地窟行"之感。

瞿塘峡在三峡中虽然最短，却是一幅神奇的自然画卷和文化艺术走廊。峡西首的夔州古城，是今天奉节县的政治、经济、文化的中心，那古榕掩映下的刘备托孤的真正故址永安宫足见古城之古，相伴相依的鱼复塔，杜甫草堂，水、旱八阵图，白帝城佐证其文化源远流长。

每当红日当空，赤甲山被氧化的红色岩石像熊熊烈火在空燃烧，白盐山在晨曦中银光灿灿，恰似白盐堆积，故古人有"赤甲晴晖"和"白盐曙色"之描绘。那酷似凤凰昂首畅饮山溪的"凤凰饮泉"，栩栩如生的犀牛翘首东望的"犀牛望月"；那垂挂绝壁袒胸露乳的"倒吊和尚"，充满神秘色彩排列成"之"字形的"孟良梯"，无不令人神往。

峡江两岸，摩崖石刻随处可见，南岸最为壮观，绵延里许的绝壁上，镌刻着数十幅石刻。时代上，自宋至今；艺术上，篆、隶、草、行，可谓我国石刻书法艺苑中的奇葩。北岸凹石壁上，"天梯津隶，开劈奇功"八个大字，十分醒目地提示它脚下绝壁上的夔巫古栈道，从这里直通至巫峡与湖北交界处的清莲溪。

瞿塘峡谷窄如走廊，两岸崖陡似城垣，郭沫若过此发出"若言风景异，三峡此为魁"的赞叹。

峡口夔门南北两岸峭壁千仞，如刀砍斧削一般，江流汹涌于宽仅100余米的狭窄江道之中，呈现出"众水会涪万，瞿塘争一门"的壮观景象，所以自古有誉道："夔门天下雄。"顺江而下，迅流湍急，云天一线，船过其间，游客会有"峰与天关接，舟从地窟行"之感。

瞿塘峡，于此惊心动魄、雄健气概的领略中，还可在两岸的山岩上观赏到铁锁关、偷水孔、凤凰饮泉、粉壁石刻、孟良梯、倒吊和尚、风箱峡、七道门、古栈道等多处奇观。

古人云："便将万管玲珑笔，难写瞿塘两岸山。"瞿塘峡内，南岸有"瞿塘碑壁"、"孟良梯"、"凤凰泉"、"犀牛望月峰"等壮观景色；北岸有"七道门"、"风箱峡"、"瞿塘栈道"等奇丽景观。

瞿塘碑壁，有"巍哉夔峡"和"夔门天下雄"等摩崖石刻。最早的《皇宋圣德中兴颂》碑，为南宋赵公硕所书。还有冯玉祥将军所书"踏出夔巫，打走倭寇"的题刻。

在北岸的绝壁上，有一条人工开凿的古栈道遗迹，头顶是悬崖欲坠，脚下是汹涌江涛，这就是古时船夫拉纤，军事运输和客商行贾的惟一通道。崖壁栈道上有清人所刻"开辟奇功"、"天梯津"8 个大字。栈道旁是七道门深洞，洞深 100 余米，峭壁岩之间，有一天窗面对大江。登天窗仰望，双峰插云，蓝天一线。向下俯视，江水奔腾，飞舟似箭。入洞观景，钟乳林立，如飞禽走兽，栩栩如生。

凤凰泉在白盐山的绝壁下，有一高十多米的石笋"凤凰"，羽毛丰润，色彩斑斓，引颈向上，似吸吮着从岩隙中流出的清泉。

孟良梯在白盐山的绝壁上，乃自下而上呈"之"字形排列的正方形石孔，孔宽八寸、深一尺，孔距三尺，一直到山腰。传说是宋朝的孟良思念老令公杨继业，欲将葬于望乡台的老令公尸骨盗运回乡，半夜驾小舟入峡，凿孔攀援而上的遗迹。实际上，这些石孔是古人架木为梯的栈道或是药农攀援采药的遗迹。孟良梯的宏伟险奇，不能不叫人叹服古人征服大自然的气魄和智慧。

犀牛望月峰上，有一块奇特的巨石，形若一头犀牛回首挺角，望着初升的明月。

风箱峡处于一段石壁上，在近100米高处的崖隙间，放着几口木匣，形如风箱，故名风箱峡。相传是鲁班的风箱，实则为安葬死者的悬棺。

在夔门的悬岩绝壁脚下，险峻礁石上，竖立着两根粗大的铁柱，这便是"铁锁关"古迹。史书记载：唐天元年（904年），张武在此"作铁链，绝江中流，立栅于两端，谓之锁峡"，后来宋朝守关大将徐宗武在此立两根铁柱，高2米，横拦江铁链7条，长90多米，用以锁断长江，故此处又称"江关"。

瞿塘峡之雄还在于水势之雄。古人咏瞿塘："锁全川之水，扼巴蜀咽喉"这一锁一扼，便形成了"众水会涪万，瞿塘争一门"的壮观水势——"瞿塘嘈嘈急如弦，洄流溯逆将复船。""高江急峡雷霆斗，古木苍藤日月昏。"在峡中狭窄的河道上，洪水期常有惊涛拍岸的壮观。

对于瞿塘峡的山水之"雄"，清代诗人何明礼的一首写得很传神：夔门通一线，怪石插横流。峰与天关接，舟中地窟行。

湘上阴云锁梦魂，江边深夜舞刘琨
——长沙母亲河

秋宿湘江遇雨

谭用之

湘上阴云锁梦魂，江边深夜舞刘琨。

秋风万里芙蓉国，暮雨千家薜荔村。

乡思不堪悲橘柚，旅游谁肯重王孙。

渔人相见不相问，长笛一声归岛门。

谭用之很有才气，抱负不凡。然而，仕途的困踬，使他常有怀才不遇之叹。这首七律，即借湘江秋雨的苍茫景色抒发其慷慨不平之气，写来情景相生，意境开阔。

湘江，长江中游南岸重要支流，又称湘水。主源海洋河，源出广西临桂县海洋坪的龙门界，于全州附近，汇灌江和罗江，北流入湖南省，经 17 县市，在湘阴濠河口分为东西两支，至芦林潭又汇合注入洞庭湖。干流全长 856 千米，流域面积 9.46 万平方千米，沿途接纳大小支流 1300 多条，主要支流有潇水、舂陵水、耒水、洣水、蒸水、涟水等。多年平均入湖水量 713 亿立方米。湘江支流众多，部分支流水土流失较重。零陵以上为上游，流经山区，谷窄、流短、水急，雨期多暴雨，枯水期地下水补给占 25%

左右。零陵至衡阳为中游，沿岸丘陵起伏，红层盆地错落其间，河宽 250 米—1000 米，常年可通航 15 吨—100 吨驳轮。衡阳以下进入下游，河宽 500 米—1000 米，常年可通航 15 吨—300 吨驳轮，沿河泥沙淤积，多边滩、心滩、沙洲。长沙以下为河口段，常年可通航 50 吨—500 吨驳轮，多汊道和河成湖泊。河口冲积平原与资、沅、澧水的河口平原连成宽广的滨湖平原。湘江流域资源丰富，矿产以煤、铁、锰、铅、锌、铜、锑等为主，湘潭是中国著名的锰矿区。水利和水能资源丰富，水能资源总蕴藏量 470 多万千瓦。流域内建有欧阳海、千金庙、双牌等大型水库和 20 世纪 80 年代初期兴建的东江水电站（装机容量 50 万千瓦）。此外，还有大中型水利工程 145 处，设计灌溉面积 64 万公顷，其中韶山灌区 7 万公顷。农副产品以稻、薯、烟、茶、大豆为大宗。

湘江是长沙的母亲河，它由南至北流过韶山进入长沙城，经三汊矶又转向西北，至乔口而出望城县，再过岳阳入洞庭，流经长沙市内约 25 公里，构成了景色秀丽的长沙沿江风光带。

长沙湘江风光带，沿湘江南起规划中的长沙湘江黑石铺大桥，北至月亮岛北端，长约 26 公里。全线风光带充分体现了湖南自然风光，环境优美，是游人观光小憩的好去处，也是市民晨练晚游的佳境。

湘江风光带建于 1995 年，主要以休闲长廊和雕塑为主景，配以形式各异的小广场、景观小品、灯光亮化等配套设施，组合种植了多品种乔木和灌木，体现了江水两岸相互映衬的独特景色。

滋润着湘潭那方土地的湘江，浩浩荡荡向北流去，亿万年来经过水的冲刷刮磨和石头之间的碰撞磨宕，孕育出质地细腻坚硬，文理色彩美观的奇石。游人在湘江两岸的河滩以及流入湘江的大小支流中觅石，收获颇丰，在这些奇石中，有造型奇特，形象逼真的象形石；有主题鲜明，寓意幽远的景观石；有色泽靓丽，潇洒飘逸的意象石；有笔法真切，笔力遒劲的文字石。

湘江，那是一根巨大的脉管，流经长沙的胸膛。站在湘江边，你所能感受到的，不仅仅是一阵都市的气流，似乎还有时间的脉息。几十、几百、几千年前的河边，想也和今天一样，吹刮着悚然的江风，攒动着憧憧的身影，变幻着迷蒙的云层。分明就是时光的风，吹皱了那一江河水。

湘江算不了名川大河，却并不匮乏动人的传说：巡视南方的舜帝死于苍梧，葬于九嶷山上。他的两个妃子，尧帝的女儿娥皇、女英闻讯后赶去奔丧，并自投湘江。天帝封舜帝为湘水之神，号湘君，封二妃为湘水女神，号湘夫人。在湘楚人们的心目中，他们三个就是见证坚贞爱情的配偶神。湘夫人临江盼君，日夜恸哭，泪洒竹林，那便是"一枝千滴泪"的湘妃竹。久候夫君而不得，难掩望穿秋水的思念，俨然成就了湘女多情的最初的典故。

到了汉朝，高祖刘邦一统天下，封了七个异姓王，其中长沙王吴芮便成了较早在湘江留下踪迹的王侯。万里衡阳雁，寻常到此回。传说南飞之雁，至衡阳而无力，折回北方。既言衡阳的僻远，那长沙的蛮荒也不消说了。被册封到长沙的吴芮，当然不愿枯守寂寥、单调的王府，便把碧波浩淼的湘江当作消遣游玩的首选之地。携王子王妃荡舟览胜，中流击水的那份风光和惬意，也多少冲淡了吴芮远离京城的落寞之情。而让吴芮祸中得福的是，当韩信等功臣在"敌国破，谋臣亡"的悲叹中相继被黜、被杀时，正因为长沙郡的蛮荒偏远和长沙王的无足轻重，吴芮得以成为异姓王中唯一的幸免者。

南巡也好，流落也好，舜帝终究是九五之尊。册封也好，疏离也好，吴芮也照样是显赫王侯。而湘江边上，也不乏落拓的身影。放逐长沙的贾谊与褚遂良，便是两位曾在湘水边踽踽独行的文士。一个才高遭忌，一个忠言贾祸。相形之下，他们的目光更沉滞，步履更蹒跚，身形更孤苦。

后世诗人刘长卿在《过长沙贾谊宅》一诗中云："三年谪宦此栖迟，万古惟留楚客悲，秋草独寻人去后，寒林空见日斜时。"诗中的"人去后"正好印证了贾谊《鵩鸟赋》中的"野鸟入室兮，主人将去"，长沙恶劣的环境与变幻的气候使贾谊自伤寿命不长，时有鵩枭飞入室中，以为不祥，笔端也掩饰不住对人生苦短的感叹与无奈。除却他那四壁空空的住宅外，或许湘江便是他排遣、倾诉的地方了。在杨柳翩跹的湘江之滨，他写下了凭吊屈原的名赋，在仰慕这位自沉汨罗的诗人之余，又悲叹"鸾凤伏窜，鸱枭翱翔"的年代里屈原那带有几分固执的愚忠。而贾谊或许也没有料到，他在江山摇落处，为屈原长久地太息，而若干年以后的迁客文人们，也同样会在这条河边，在一川烟雨中，复而凭吊之。

一个古城的文化，是由什么积淀、垒砌起来的，除了一部典籍，一卷丹青，除了一阕诗词，一节民谣？往往还有一座古老的墟村，一串凄迷的逸闻，一群孤高的魂灵，甚至一堆寂寞的骸骨，一片冷清的坟茔。

贾谊来了，于是和"贾太傅"一起写进历史的，还有浸润了湖湘文化的"贾长沙"。"汉文有道恩犹薄"，汉文帝是泽被天下的明君，却给了贾谊生前的寂寞；"湘水无情吊岂知"，匆匆北去的湘江水从不管人的眷顾，而它岸上这片瘦瘠的土地，却承载和传播了贾谊身后的盛名。

褚遂良也来了，同他一起被流放被贬抑的，还有他清丽潇洒的褚体书法，他迟暮的残年，也注定要和他在长沙的都督之任一起终结。后来皇帝为他平反了，把他的头像搬上了象征唐代至高功臣的凌烟阁。只是，什么元勋，什么万户侯，都要被时间这只硕大的狼毫轻轻地一笔带过。

湘江边上新修了一座楼阁。在楼厦街衢的陪衬下，在青树绿茵的掩映下，在霓虹彩灯的簇拥下，那一片古朴的雕梁画栋，总是别致的。这座楼阁就是"杜甫江阁"，由它，人们可以上溯到一段诗话，上溯到诗人杜甫与湘江的一段尘缘。

杜甫的爷爷叫杜审言，也是一位诗人，在当时被称为"文章四友"。不无巧合的是，这一对祖孙诗人都曾在湘江边留下他们的足印。

杜审言曾被贬官到南方，途经湖南时，写下了一首《渡湘江》，其中有两句："独怜京国人南窜，不似湘江水北流。"那是对战乱和羁旅的厌弃，对静谧和祥和的向往。几

一生好入名山游：诗词中的山川风景

十年后，杜甫也"流落剑南"，沿着祖父的足迹，濒临湘水。那是一个形销骨立的杜甫，一个老迈潦倒的杜甫，他尚未从流浪蜀地的辛酸和被俘虏的噩梦中苏醒过来。长沙小西门的一间破败的矮房接纳了这位惊魂未定的诗人。

到了春天，湘江岸边莺飞草长的江南景色感染了杜甫。"夜醉长沙酒，晓行湘水春。岸花飞送客，樯燕语留人。"只不过，即便是这样的美景，也不足以抚慰杜甫凄惶的心灵。杜甫常常驾着一艘小船，在浪涛中起落穿行，一边以卖药为生，一边琢磨着他的诗歌。而资财贫乏的长沙，也终究不能充盈杜甫的生活。两年后，杜甫继续踏上了他的流落之旅。老病孤舟，凭轩泪流，湘水的浊浪中，映照着杜甫凄凉的身影。只是，或许是湘水有意收留诗圣杜甫的一副骸骨，770 年冬，在赶往岳阳的途中，杜甫生命的最后光焰，在一艘风雨飘摇的小船上熄灭了。

《杜甫江阁记》中写道："择此山，水、洲、城佳处；观乎林，波、沙、阁辉映。"杜甫江阁立在江边，占尽了地利。而当一座座华厦席卷一条条古巷，一道道霓虹覆盖一盏盏渔火，一阵阵喧嚷吞没一声声楚歌时，如果那片琼楼玉宇间，真的供奉着杜甫的诗魂，但愿，四周的车马之虞，如织的游人，不会干扰了他的清静。

湘江日夜不息地奔流着，流走了吴芮的王室风光，贾谊、褚遂良的贬谪之痛，杜氏祖孙的羁旅怀乡之情，也流走了晏几道"哀筝一弄《湘江曲》，声声写尽湘波绿"的幽怨，流走了李商隐"湘江竹上情无限，岘首碑前泪几多"的感慨。

对比那些古代文人来说，在湘江边上最豪迈最奔放的大概便数青年毛泽东了。"男儿立志出乡关，学不成名誓不还。"韶山冲里的几亩薄地，终归是圈不住志在四方的毛泽东。走出韶山的毛泽东，就读于湖南第一师范，学校正位于湘江边上。当年那位"身无分文，心忧天下"的毛泽东，就是站在江心的橘子洲头，看万山红遍，层林尽染，漫江碧透，百舸争流；在湘江河里，中流击水，浪遏飞舟。他后来创办了一份叫《湘江评论》的刊物，指点江山，针砭时弊，并以之为一个起点，走上了风起云涌的政治生涯。

几年前，两岸宽敞齐整的沿江大道取代了昔日沟坎不平的马路。人工培植的似锦繁花，如茵绿草，以及仿制的亭台轩榭，假山石雕，搭配成了一条彩带一般的风光带。在城市，最昂贵的莫过于一口清新的空气，再有斧凿痕迹的山水，也是都市人们最能贴近自然的去处，如今的湘江边上，红男绿女，游商走贩，扶老携幼，呼朋引伴，人流更密集了。只是水文环境的恶化，让湘江不再有惊涛拍岸，不再有碧波万顷。而楼厦拆拆迁迁，闹市影影绰绰，车流来来去去，路灯闪闪烁烁，整个城市似乎都在不间歇地迁徙和流动。

有古诗云：情随楚地远，湘水但空流。

湘江沿岸，正是屈原足迹所到之处。《楚辞·渔父》有云："屈原既放，游于江潭，行吟泽畔，颜色憔悴，形容枯槁。渔父见而问之曰：'子非三闾大夫与？……'"屈原身处逆境，尚有一渔父与之对话；而诗人所遇到的情况却是"渔人相见不相问，长笛一声归岛门"。渔人看见他竟不与言语，自管吹着长笛回岛去了。全诗到此戛然而止，诗人不被理解的悲愤郁闷，壮志难酬的慷慨不平，都一一包含其中。以此终篇，激愤不已。笛声，风雨声，哗哗的江水声，诗人的叹息声……组成一曲雄浑悲壮的交响乐，余音袅袅，不绝如缕。

渔翁夜傍西岩宿，晓汲清湘燃楚竹
——潇湘胜地永州

渔　翁

柳宗元

渔翁夜傍西岩宿，晓汲清湘燃楚竹。
烟销日出不见人，欸乃一声山水绿。
回看天际下中流，岩上无心云相逐。

永州，位于湖南省南端，五岭北麓，湘粤桂三省区结合部。永州古称零陵，因舜帝南巡崩于宁远九嶷山而得名。又因潇水与湘江在城区汇合，永州自古雅称"潇湘"。

永州被潇湘二水融合贯穿，古称"潇湘"。永州山水，融"奇、绝、险、秀"与美丽传说于一体，汇自然情趣与历史文化于一身，赢得了古今文人墨客的咏叹。

永州之野，有山水之美，也有熔岩之奇；有楼塔寺庙之壮观，也有木雕碑刻之胜异。九嶷山之神奇，阳明山之险峻，舜皇山之秀美，千里瑶山之古朴，构成了永州迷人的自然风光。又有舜帝古陵、浯溪摩崖、宁远文庙、道州月岩、远古石棚等名胜，形同碧玉珍珠，撒落在永州之野，熠熠生辉，令人流连忘返。碧绿潇湘水，巍峨九嶷山，永州以它奇丽的容貌、独特的风情和丰富的传说而成为一块笔墨写不尽的土地。

回龙塔位于市区潇水东岸。该塔建于明代中叶，为一砖石结构八角七级宝塔，分为五层，高近30米。塔内有旋梯至塔顶，每层东南西北四方均开有券门，由此可以走出塔门，外绕塔身环行，远眺四周景色。每层平座和腰檐之间的高度不等，使塔身立面具有变化丰富的韵律感。平座和腰檐下设有五镇作斗拱，斗为砖制，拱为石作，形制上保留了宋代建筑的遗风。

据《零陵县志》载："因郡城水势瀚漫，吕藿捐金造回龙塔于此口，以震慑水患。"现塔门额有"回龙宝塔"四字。属省重点保护文物。

九嶷山九峰耸立，山势雄浑，龙蟠虎踞，控三湘，临北粤，连峰接岫，竞秀争高。九嶷山名人诗赋题刻多不胜举。舜陵、舜庙、玉琯岩等古迹是游览重点，游人至此，不免发思古之幽情。

舜源峰下有舜陵，历代相传舜陵在九嶷山，君王祭祀之，文人墨客长歌短赋赞颂之，于是九嶷山盛名远扬。今舜庙一侧的山麓岩壁中嵌有"帝舜有虞氏之陵"石碑，附近还有许多块不同时代祭祀舜陵的石碑。这些碑石因风雨侵蚀，文字多已漫衍，无法辨认，足见其年代之久远。

舜庙前方有娥皇、女英两峰相峙，其山四壁如削，林木青翠，俨如一对轻歌曼舞的少女，罗衣彩带随风飘曳。斑竹岩在娥皇、女英二峰南侧，相传舜死在苍梧，娥皇、女英二妃闻讯，昼夜兼程赶来九嶷，哀哭不止，洒泪于竹，遂使满山竹留下点点斑纹。

这里的杜鹃花也不一般，颜色有红、黄、白三种。九嶷山有珠丘，相传舜死苍梧，常有鸟从海滨衔来珠砂，日积月累，年年增益，遂成小阜，人称珠丘。珠细如尘，又有珠尘之名。

九嶷山还有天灯之说，相传舜死以后，陵前古老的十五株杉树，每株高约百来米，每当月夜，树梢晶晶闪亮，人不知故，取名天灯。

潇水与湘水汇合处的苹岛，是"潇湘八景"之一，即"潇湘夜雨"的景观处。在迷蒙的雨丝中，苹岛给人以朦胧的美感。岛上古木参天，幽静秀美，留下"苹洲书院"旧址。留宿苹岛，可卧江听浪，河畔观雨。黄叶古渡、江天风月、渔舟唱晚，均洋溢着画意诗情。

除此之外，还有著名的紫霞洞、柳子庙、朝阳岩、恩院风荷、萍岛、香零山、浯溪碑林等景区。

紫霞洞位于舜源峰左一里，当地人称为前岩。洞内岩壁3米多高，由紫红色岩石组成，可容纳1000多人。

洞口有一巨石，当门而立，若壮夫守关。内有一平台。洞左侧为"金盆滴水"，有清泉从石乳中点点滴入盆中，长年不绝，传说可治百病。金盆下有石洞，每近中午，即有蓝色炊烟自洞口徐徐升起，当地人称"仙人煮饭"。右侧有"莲花台"，过莲花台有暗洞，又名"水帘洞"。约走100

米，豁然开朗，有石头人排座的"读书堂"，再往里走有流水小溪，名"九曲银河"，流水清冽，淙淙鸣响，不见来处，亦不知去向。

奇特壮观的紫霞洞自古以来吸引着人们去探幽觅胜。传说明代地理学家徐霞客为了细观此洞，在洞中住了三天三夜。唐人元结、宋人寇准均在洞内留有足迹。

柳子庙在永州市潇水西岸上柳子街。公元八百一十四年，人们为纪念唐代著名文学家、永州司马柳宗元而建。高山寺在城内东山（东山又名高山），原名法华寺，始建于中唐，因寺庙规模大，临夜击鼓鸣钟，声响全城，故名"山寺晚钟"，为永州八景之一，是柳宗元谪永期间第二住处。宋名万寿寺，明万历初年毁于火，万历四十一年重建，乾隆尽废，道光八年又改建于东山之北。建国后为零陵军分区干校校址，佛像全毁。现仅存"大雄宝殿"及武庙各一座。武庙的四根青石柱，浮雕石龙，栩栩如生，寺外松竹掩映，因地势至高，可一览全城。

朝阳岩位于市区潇水西岸，又名西岩。因洞口朝东，众岩东向，唐永泰年间道州刺史元结命名朝阳岩。岩分上下二洞，幽邃深旷，清泉潺潺，怪石嶙峋，雅致清丽。洞通后山"青莲峡"，出口处有"听泉亭"。

洞内历代文人诗赋题刻众多，唐人元结、柳宗元，宋代苏轼、周敦颐、张浚、明人徐霞客，清朝何绍基等都留有诗刻。"朝阳洞"三字为宋人张子谅所题。岩顶古树参差，有亭露出。黎明时节，朝霞满江，山水氤氲，激射成彩，构成永州绝胜——"朝阳旭日"。

碧云池，又称"东湖"，地处永州城南门内。唐刺史李衢曾在此建芙蓉馆。池中旧有水亭，曰："洗甲亭"，池侧建的碧云庵堂。池南隅坐落着"恩范堂"，古松垂柳与殿堂亭榭相交成趣，夏日荷香馥郁，诚城中幽胜之处。雅称"恩院风荷"。

萍岛在永州城北，潇湘二水汇流处，为永州著名风景胜地，唐宋以来，即负盛誉。此景是"潇湘八景"之一的"潇湘夜雨"，亦是"永州八景"之首，又名"萍洲春涨"。

每逢春夏水涨，立于岛上石矶，举目四望，黄叶古渡，迴龙宝塔，江天风月，远浦归帆，渔舟唱晚，画意诗情，尽入眼底。岛如随水沉浮一叶扁舟，风韵万般。每逢潇潇落雨漫天弥下，游人夜宿萍岛就可手把一盏香茶卧听江涛，或手执一把罗伞踽行于江畔，领略迷蒙夜雨所带来的静谧氛围和朦胧之美。每当此时，游人心中的劳累抑或烦躁都会飘散无踪，只有如诗如画的美景在眼前展开，如梦如幻的感觉在心中萦绕。

香零山是一座屹立于永州城东茆江桥西南潇水中央的岩山小岛，旧产香草闻名于世，古称零陵郡，即以此山名。

香零山为天然石矶结构，地处中流，随潇水水势而展现不同的风光，势浩荡则如汪洋中之一小舟，水势弱小则岛亭昭然挺立。若雨后日出，烟锁山脚，雾雨朦胧，往来舟楫，若隐若现，给人一种烟波浩渺的意境，因而有"香零烟雨"之称，为永州八景之一。柳宗元曾作《登蒲州石矶望江横口，潭岛深回斜对香零山》诗，怀念香零山美景。

浯溪，是发源于双碑县阳明山的一条小溪，流经祁阳盆地在县城南郊 2 公里处的古渡口流入湘江，这里溪水两侧和湘江的南岸五峰陡峭，古树茂盛，不管是唐朝的梓树，还是宋朝的柏树和元、明、清朝的松树、檀树，都是郁郁葱葱。

在浯溪的山上，布满了奇形怪状的岩石，有的像怒吼的雄狮，有的似飞跃的猛虎，有的如卧伏的老牛，有的如同搔首弄姿的小猴，景观十分奇特。

浯溪碑林，位于祁阳县城南 2.5 公里处，依傍湘江，北临湘桂铁路，东靠湘粤国道。公元 763 年，唐代著名散文家、诗人元结出任道州刺史时，乘舟逆湘江而上，路过此地，爱其胜异，将溪命名浯溪，意在"旌吾独有"，撰《浯溪铭》，浯溪得名从此始。元结又将"浯溪东北廿余丈"的"怪石"命名"吾台"，撰《吾台铭》；还在溪口"高六十余尺"的异石"上筑一亭堂，命名"浯亭"，撰《吾亭铭》。返任后，将三铭交篆书名家季康、瞿令问、袁滋分别用玉箸篆、悬针篆、钟鼎篆书写，并刻于浯溪崖壁上。从此有了"三吾"之名。这三块碑都有很高的艺术价值。特别是唐相袁滋书写的《唐亭铭》碑，现为国家文物局列为一级石刻，视为"国宝"。有"浯溪胜境，雄冠三湘"之称。

浯溪不仅山奇水秀，在文学史和书法史上更为后世称道。公元 764 年，元结写下了《大唐中兴颂》，记述安史之乱。嗣后，由唐代著名书法家颜真卿书刻于 9.6 平方米的摩崖之上。元文、颜字，加之天公造就的峭岩，文奇、字奇、石奇，世称"摩崖三绝"，被尊为国宝。历代文人学士到此游览，吟诗作赋，铭刻石上。自唐、宋、元、明、清以来，留下的诗、词、赋、文等摩崖石刻 505 方之多，形成了驰名中外的诗海碑林，对史学、文学、文字、书法的研究保存了珍贵的资料。浯溪碑林被列为国家重点文物保护单位。

永州物华天宝，人杰地灵，潇湘两水哺育出许多优秀人才。如后汉三国时期的政治家蒋琬和著名将领黄盖。中国历史上著名的草书大师怀素；著名史学家路振、理学开山鼻祖周敦颐、南宋抗金兵马大元帅陈遘，著名书法家何绍基，以及天地会著名首领朱洪英，著名瑶族起义首领赵金龙，中国共产党的创始人李达，北伐名将蒋先云，国民党高级将领唐生智，无产阶级革命家陶铸等。他们是中华民族的骄傲，他们更是永州人民的骄傲。在永州山水哺育大批本地历史名人的同时，永州山水也哺育了元结、柳宗元等历史名人。

细草微风岸，危樯独夜舟
——月夜忠州游

旅夜抒怀

杜甫

细草微风岸，危樯独夜舟。

星垂平野阔，月涌大江流。

名岂文章著，官应老病休。

飘飘何所似，天地一沙鸥。

此诗是杜甫在严武去世，川中失去依靠，坐船东下，在渝州（重庆）、忠州（忠县）舟中所作。诗人描写了孤舟月夜、大江阔野中，对仕途绝望、生活无着、孤独漂泊的凄凉感受。

忠县位于万州西南部，长江中上游北岸。面积 2176 平方公里；人口 100 万。该县置县始于西汉，名临江郡，临州，巴东郡，咸淳府，忠州。明洪武时，州县合一，并临江县入忠州。民国 2 年（1913），改忠州，为忠县至今。

忠县历史悠久，因战国时"刎首留城"的巴曼子将军而得名"忠"县。忠县钟灵毓秀，名人辈出。历史上巴曼子、严颜、甘宁、秦良玉多因功业卓著而被县人世代传颂。唐贤相陆贽、李吉甫、理财家刘晏，唐代大诗人白居易均先后来做官，被县人称为"四贤"，他们给忠县留下了宝贵的文化遗产。

黄金水道长江横贯县境 88 公里，县城距重庆市水上距离 245 公里，每天有至上海、南京、武汉、宜昌、重庆的多艘客货轮停靠，建有可停靠 2000 马力以上的码头 5 处。作为中国长江三峡库区对外开放的城市，忠县在沿江开发开放的整体格局中，占据着重要的一席之地。

忠州无铭阙俗称宝塔子，位于忠县城北 8 千米处的涂井乡佑溪村。建于东汉，已有 1800 余年历史，至今保存完好。阙身高 5.44 米，共有九层，四方阔 8 米，是一座由九墩不同形状的石料相互攀附、叠砌而成的奇特建筑物。基础粗壮而稳重，正面雕一只似龙非龙，似虎非虎的怪兽，其上有挂、方、栏额、斗拱匹配成阙身、阙檐、阙盖。第三层和第六层角上分别镂刻着男女裸体力士，形态勇猛健美，弯腰屈膝，全身用劲，好似整个碑阙由他们抬着。在力士上下左右雕满了各种飞禽走兽。阙盖以一个象征吉祥长寿的龟形怪物作为瓦楞。

忠县石宝寨，国家级文物保护单位、国家4A级旅游景区，位于县城忠州镇和万县市之间的长江北岸，它孤峰拔地，四壁如削，形如玉印，传说是女娲炼石补天遗留下来的一块五彩石，故称"石宝"。明末农民首领谭宏起义，据此为寨，故名石宝寨。石宝寨建于明万历年间，距今400多年，寨楼依山而建，飞檐展翼，极为壮观。阁楼共12层，通高56米。寨顶有古刹天子殿，临岩筑墙、殿宇巍峨、蔚为奇观，还有文物陈列室、鸭子洞和流米洞等。石宝寨以奇特的建筑和许多有趣的传说闻名于世。被列为世界八大奇异建筑之一。

以忠州湖为中心、鸡鸣山、南山、月岳山等屏障的忠州内，不仅保存着三国时代的历史遗迹更有多处自然景点，是一座修身养性的旅游之城。忠州四季温暖，即使冬季前往也不觉寒冷。

忠州湖是将山谷封堵而形成的多功能湖，是蜀国最大、最清洁的湖。在忠州大坝渡口有快速游船和大型游轮沿忠州湖水路每天航行约5200米。航线为玉笋峰、龟潭峰、万鹤天峰、草屋岩、鲸鱼岩、玄鹤峰、五奴峰、神仙峰、降仙台、杨柳峰、五星岩、雪马峰、燕子峰、斗武山等，直至新丹阳（长怀）渡口。在清风渡口附近还可乘船观赏亚洲地区第二高的高射喷泉。

　　附近的忠州湖胜地是国内第一号湖畔观光胜地，建有各种运动设施和娱乐设施。与忠州湖相边的水上运动场设施完备，是全天候的旅游胜地，倍受青睐。忠州湖周边有月岳山国立公园、清风文化遗迹园、丹阳八景、古薮洞、水安堡温泉等有名的旅游胜地，吸引着众多游客。

　　月岳山国立公园于 1984 年被指定为韩国第 17 号国立公园，自古被称为灵山。山势陡峭险峻，绿松错落有致，岩石千姿百态，使山景更显秀美。登上主峰，忠州湖和广阔的田野尽收眼底。月岳山的中心有夏雪山，此山即便是夏天也积雪不化。此外还有龙头山、文绣峰等许多风景秀丽的山峰。登上山顶，有海松巍然耸立，久经风雨而四季常青。从山顶鸟瞰，天空向东西南北方延伸，辽阔无边，令人心旷神怡。

　　月岳山海拔 1097 米，以山势险峻、陡峭而闻名，其基部是高 150 米、周长 4 公里的巨形岩石。周围有忠州湖畔、闻庆鸟岭道立公园、诸川义林池、丹阳赤城的先史遗迹地、在石灰岩地带形成的山洞等文化和景观资源。公园内有弥勒寺遗址、德周寺等传统寺院以及磨崖佛弥勒寺遗址、嗰呻四肢狮子石塔、德周山城、神勒寺三层石塔等许多文化资源，可以从中领略佛教文化。

　　月岳山因其山势优美，历史文化遗迹众多，而被称为第二金刚山、东洋的阿尔卑斯山，前往的游客甚多。

　　丹阳八景指的是以风景秀美而闻名的下仙岩、中仙岩、上仙岩、舍人岩、龟潭峰、玉笋峰、岛潭三峰、石门等丹

一生好入名山游：诗词中的山川风景

阳的八处景点。丹阳八景是李朝时期（1392—1910 年）的多名学者休闲之地，有许多颇有来历的历史文化名胜。小白山、锦绣山、道乐山的山谷中都有奇岩怪石颇为壮观，又有清水流经，形成众多瀑布。

仙岩溪谷由丹阳八景中有名的上仙岩，中仙岩，下仙岩组成，是一个幽静的山谷。山谷自月岳山蜿蜒而下，沿途有不少珍贵的巨岩，古代起就是有名的观光景点。

其中，下仙岩一带的景色又是整个山谷最美的。3 层楼高的巨岩宽 3 公里，上面还密密麻麻地分布着圆形的大石头，与周围的景色和谐地交融在一起。在这里，春天可以欣赏到杜鹃花和踯躅，秋天则能观赏美丽的红叶。下仙岩上可以露营，适合想戏水的游客。经下仙岩来到中仙岩，水势并未转急，溪边还有树荫，抽一天时间在溪边游玩也不错，但这里并不适合露营。从中仙岩的桥往上流方向行走就来到了上仙岩。

上仙岩附近也有很多形态各异的岩石。上仙岩再往上是特仙岩，特仙岩处辟有专门的野营场地，吸引了众多露营客。这里的岩石形态俊美、溪水清澈，是休息游玩的好地方。尤其夏天，山谷的青山绿水吸引了不少观光客重回自然的环抱畅游一番。

下仙岩、中仙岩和上仙岩位于从小白山脉流下的支流南端，山影倒映水中，酷似空中彩虹，因而有"虹岩"之称。舍人岩位于云溪川第 7 道弯，这里奇峰林立，溪曲谷幽，山清水秀，令游人流连忘返。

玉笋峰位于汉江下游，山势峻陡，凌空绝壁高 100 余米，每当雨后显得格外明净，如同破土而出的鲜嫩的笋竹，因而称玉笋峰。玉笋峰绝壁背后的丹邱洞内，保存有李朝时代著名文人李退溪的雕刻，是十分珍贵的文物。

其中最美丽和有名的要算是岛潭三峰。岛潭三峰是耸立在呈"S"形弯曲的南汉江中心部位的三块岩石。在河流中心有三块岩石耸立的景致大概只能在此才得一见。这里有一个传说。三块岩石中间的那块大岩石是夫峰（又称将军峰），右边的是妻峰（又称儿峰），左边的叫妾峰（又称女儿峰），传说就是有关这几个名字的。过去有对夫妇相亲相爱地生活着，但膝下无子。为了生儿育女，只好娶了一妾，但这个小妾一怀上孩子就虐待和嘲讽正室。上天看了后就把他们都变成了石头。也许正因为有这样的传说，三块岩石按顺序排列，实为奇观。

岛潭三峰入口反方向的山坡上有一个小小的离乡亭。离乡亭是为了安慰那些由于建忠州大坝，故乡被淹的人们而建。从亭子里鸟瞰可将岛潭三峰尽收眼底。从离乡亭中沿反方向的路而上就是石门。这是一块巨石，中间被穿透形成一个大孔，看似人工所为，但实际是自然形成。此外丹阳八景是丹阳美丽景色的集中体现，游客们务必要前往参观。

忠州盛产苹果，每年10月都举办忠州苹果节。也有水安堡温泉节、忠州武术节、于勒文化节、忠州栗子节等多种活动在忠州进行。人口不过20万的忠州虽然只是一座中小型城市，却拥有完善的休闲娱乐设施。加之外资企业逐渐涌入，经济也有了较大的发展。

忠州的江面很美，新建成的忠县长江大桥更为长江增添了一道健美的风景线。杜甫辞去官职家人离开成都，船经忠州一带时曾写下了著名的《旅夜书怀》：细草微风岸，危樯独夜舟。星垂平野阔，月涌大江流。名岂文章著？官应老病休！飘飘何所似，天地一沙鸥。

陵阳佳地昔年游，谢朓青山李白楼
——宣城自古诗人地

怀宛陵旧游

陆龟蒙

陵阳佳地昔年游，谢朓青山李白楼。
唯有日斜溪上思，酒旗风影落春流。

这是一首山水诗，但不是即地即景之作，而是诗人对往年游历的怀念。宛陵是汉代设置的一个古县城，隋时改名宣城（即今安徽宣城）。它三面为陵阳山环抱，前临句溪、宛溪二水，绿水青山，风景佳丽。南齐诗人谢朓曾任宣城太守，建有高楼一座，世称谢公楼，唐代又名叠嶂楼。盛唐诗人李白也曾客游宣城，屡登谢公楼畅饮赋诗。大概是太白遗风所致，谢公楼遂成酒楼。陆龟蒙所怀念的便是有着这些名胜古迹的江南小城。

宣城位于安徽省的东南部，与江苏、浙江两省接壤。

该市属上海经济区域的南京经济区和杭州湾城市群的衔接边缘，市政府所在地宣州区距上海、南京、杭州、合肥、黄山、景德镇均只有二、三百公里，对外经济、技术、信息交流便利，是东南沿海连接内陆腹地的重要通道，也是皖江开发开放的重要城市之一，凭皖赣、宣杭两铁路，318、205两国道保持着与外界畅通的气象，从古至今以地利之便，交通畅达，商品集散，成为江南通都大邑。

宣城人文胜迹遍布。临风怀古，谢朓楼与黄鹤楼、岳阳楼、滕王阁并称江南四大名楼；"兹山亘百里，合沓与云齐"的敬亭山，自南齐谢朓以来，先后300多位诗人墨客登临此山赋诗作画，留下诗文600多篇，为名副其实的"江南诗山"；现存敬亭山麓的厂教寺双塔，以其对唐塔风格的继承与革新，成为全国仅存，因而被列为国家级保护文物；大文学家冯梦龙发现并称为"天下四绝"之一的太极洞，以其中空博大的气象成为溶洞奇观；以三雕艺术、徽墨、徽菜。明清古民居称誉海内外的绩溪，历代人才辈出，著作《笤溪渔隐丛话》的胡仔，红顶商人、一代巨贾胡雪岩，徽墨传人胡开文，新文化运动倡导者胡适，"湖畔诗人"汪静之，小品文学家章衣萍，新文化出版家汪孟邹等，使绩溪赢得"邑小士多"的美名；黄山北坡之下的江村，古称金鳌，村中聚秀湖、狮山古庙、江氏宗祠等古迹文气盎然，江淹、江泽涵、江绍原等名流硕儒皆从此村走出；泾县桃花潭不但因夹岸十里皆桃花而得名，更因李白一曲"桃花潭水深千尺，不及汪伦送我情"而名扬海内外，其精华却在碧如琼浆、绝无污染的一潭清波。

宣城东连天目，南倚黄山，西靠九华，域内襟山带水，风景绝佳。敬亭、柏枧、水西、龙须四山峰峦叠翠；青戈江、水阳江两水相依；南漪湖、太平湖、青龙湖三湖星罗棋布；清原峰、板桥、扬子鳄诸自然保护区，不仅珍禽异兽、奇花异草夺人眼目，更以巧自天然的风光独揽胜境。

宣城地灵而人杰。"宣城梅"自宋以来，名人辈出，"宋诗开山祖"梅尧臣，宋名臣梅询，明戏剧家梅鼎祚，名宦梅守德，清黄山画派巨匠梅清，清数学大家梅文鼎，近代学贯中西的梅光迪，使之有"宣城梅花遍地开"一说；"绩溪胡"中，胡仔、胡雪岩、胡开文、胡适，皆声闻天下，青史留名；"泾县吴"自始祖吴文举迁居泾县茂林以来，历代仕子如林，仅近代就有父子书法家吴玉如、吴小如，学者兄弟吴半农、吴组缃，书画家吴作人，此外尚有吴葆萼、吴茂荪、吴则虞等一批学者名流。

"江城如画里，山晚望晴空。两水夹明镜，双桥落彩虹。"宣城，正以其博大胸襟、广远情怀，承接南来北往过客，书写声蜚遐迩华章。宣城资源丰富。宣纸、宣笔、徽墨"文房三宝"和绩溪古建筑、饮食文化，代表了"徽文化"的最精彩篇章；全市已探明储量的矿产资源达50余种，其中萤石、石棉、石墨等，不仅储量大，而且品位极高。敬亭绿雪、涌溪火青、瑞草魁等高档名优茶，以及山核桃、蜜枣、板栗、银杏、青梅、笋干等都是宣城享誉全国的名贵特产。泾县是传统的"中国宣纸之乡"，郎溪县被农业部授予"中国绿茶之乡"称号，广德县被林业部命名为"中国十大竹乡"之一，宁国市被誉为"中国元竹之乡"

和"中国山核桃之乡"。

宣城物产丰饶。南湖银鱼、水阳河蟹、水东蜜枣、广德毛竹板栗、宁国山核桃，以及以敬亭绿雪、涌溪火青为首的绿茶系列，皆属地方土特名产，而其中尤以宣纸宣笔、旌德三麻、绩溪蚕丝、徽墨、唐代"宣州红线毯"、宋代"宣城诸葛笔"、明代"宣城木瓜"、"宣城雪梨"扬名华夏。如今"水东琥珀枣"、"敬亭绿雪茶"、"郎溪瑞草魁"、"宁国黄花云尖"、"泾县红星宣纸"、"绩溪梅花白厂丝"，在国内外均有一定名气。

旅游景点众多。敬亭山素有"江南诗山"之称，太极洞自古即为"天下四绝"之一，国家级扬子鳄繁殖研究中心及"中国鳄鱼湖"举世无双。

太极洞地处皖、苏、浙三省交界处的广德县境内，距县城30公里。此洞历史悠久，明代文学家冯梦龙称其为"天下四绝"之一。风景区总面积14万平方米，洞深5000余米，有大小景观500余处，具有"险峻壮观、绚丽神奇"的特色。

太极洞为石灰岩溶洞，长5.4公里，由上洞、下洞、水洞、天洞组成。而且洞中有洞，洞洞相通，构成一个险峻壮观、神奇绚丽的大洞天。现已开放19个大厅，160多个景点，其中最著名者为"十大景观"。所谓十六景观，即：太上老君、滴水穿石、槐荫古树、仙舟覆挂、双塔凌霄、金龙盘柱、洞中黄山、万象览胜、太极壁画、壶天极目。它们大都以"物象"命名，睹名即可知其形。只不过有的以"单象"命名，有的以"群象"命名而已。如"太上老君"似白发苍苍，合掌诵经的老人；"槐荫古树"似树干挺拔、枝叶繁茂的古树；"仙舟覆挂"似底面朝上、高悬半空的小舟；"双塔凌霄"似上下倒置、基座入云的古塔；"金龙盘柱"似祥云缭绕、长龙缠裹的玉柱；"洞中黄山"似雄伟峻峭、秀丽奇幻的黄山。以上"六奇"即以"单象"命名。"万象览胜"为太极洞最大厅"万象宫"的奇景，其景物荟萃，气象万千。"太极壁画"为太极洞回廊两侧石壁上的奇景，它像众仙聚会、雄师出征、沙场交兵、困兽争斗等。"壶天极目"为太极洞"壶天宫"钟乳石的奇景，其吊顶悬空，姿态万千。以上"三奇"即以"群象"命名。只有"滴水穿石"例外，其名揭示了兔形石上小孔的成因，是以"成因"命名。

太极洞水洞亦为一奇，其水面开阔，可容小舟徜徉其间，任意东西。如乘小舟游水洞，只见洞壁上的奇石，在五色光的照耀下，灿若群星，使人有置身银河之感。水洞中最著名景观有"擎天玉柱"、"蝙蝠神蚕"、"悬关隘口"等，它们或以"单象"命名，或以"群象"命名，皆睹名可知其形。

太极洞外景物优美，古迹众多。景物有绵延起伏的山峦，野趣横生的竹海，鸡鸣狗吠的村舍等。古迹有东汉刘秀避难的"卧龙桥"，三国吕蒙发令的"将军台"，北宋范仲淹涤砚的"涤砚池"，南宋岳飞明志的"剑峡石"等。

鳄鱼湖位于宣城城南5公里夏渡林场内。湖掩映于一片郁郁葱葱的竹林松海之中，由一个个起伏交错的库塘组成，总面积1500亩。扬子鳄是我国特有的珍稀动物，它的名字与它产地有关，当地人把这种动物叫做"土龙"或者叫做"猪婆龙"，扬子鳄这个名字，是外国人定的，根据它的栖息地——长江（扬子江）而命名。

扬子鳄喜欢在水里嬉戏觅食，俗称"鳄鱼"。其实它不是鱼，而是龟、蛇一类的爬行动物，扬子鳄是卵生的，卵内有羊膜羊水，和鸡蛋一样必须在陆上孵化。幼鳄出壳就无鳃、有肺，不经学习就会游泳，也会像人游泳般进行"换气"——呼吸。被称为"古生物活化石"。

太平湖水清山秀，风光旖旎，与桃花潭交相辉映。新四军军部旧址驰名中外，皖南事变烈士陵园气势恢宏。胡氏宗祠、王稼祥故居、胡适故居等大量的人文景观和名胜古迹遍布全市各地。

游太平湖一路的湖光山色，令人陶醉。整个湖面被崇山峻岭所围，四周的群山像绿色屏障使湖水无波无浪，十分平静。湖中数十个孤岛孤山，形态各异，有的像鲤鱼跳龙门，有的似蛟龙横卧，有的如芙蓉出水，有的若荷叶飘浮。从宽广的湖心到狭谷地带，两岸青山，一片葱翠，密密丛丛，置身于此，恰如进入了翡翠般的绿色世界。盛开的山花，深红大紫，夹杂着白色的油桐，还有悬崖上村舍的青瓦白墙，从竹林中穿至湖边的石板小桥，加上远山、白云、蓝天，倒映在澄清如镜的水中，显得生机盎然。正是：青山绿水看不尽，一曲一回一层天。

在这里可见到江南特有乌篷船、小木船、独人渔舟和竹筏，一篙一桨，划破碧绿透明的湖水，漾起层层轻柔细浪，加上沿岸山花绿树与水中倒影映衬，船犹如从绿林花丛中行，真乃是皖南青山绿水的奇景。

宣城充满希望和机遇。在改革开放的今天，宣城人民正以"有朋自远方来，不亦乐乎"的真情欢迎海内外客商，欢迎各界人士来做客。洽谈合作，投资开发，共创明天辉煌。

无限山河泪，谁言天地宽
——衣被天下的松江

别云间

夏完淳

三年羁旅客，今日又南冠。
无限山河泪，谁言天地宽！
已知泉路近，欲别故乡难。
毅魄归来日，灵旗空际看。

《别云间》是作者夏完淳被清廷逮捕后，在解往南京前临别松江时所作。上海松江县，古称云间，即作者的家乡。作者在此诗中一方面抱着此去誓死不屈的决心，一方面又对行将永别的故乡，流露出无限的依恋和深切的感叹。

松江，上海历史文化的发祥地。松江的秦建镇、唐置县、元升府、明清为全国纺织业中心，曾享有"苏松税赋半天下"和"衣被天下"之称。境内水网纵横，九峰竞秀，构成了"山谷水肤"的旖旎风光，孕育了陆机、陆云、赵孟頫、陶宗仪、徐阶、董其昌、陈继儒、陈子龙、夏完淳、张祥和、张照等一批文人雅士。

据史载，明至清松江进士达 521 人。历经数代遗留，区内文物胜迹璀璨，方塔、李塔、西林塔、护珠塔、修道者塔五塔耸立；佛教、道教、天主教、基督教、伊斯兰教五教并存；唐经幢、清真寺、醉白池、天文台、远东第一大教堂交相辉映，形成了一批人文资源和自然景观之最。

松江唐代陀罗尼经幢建于唐大中十三年（公元 859 年），是国内现存最古的石经幢。经幢现存 21 级，高 9.3 米，幢身八角形，刻有《佛顶尊胜陀罗尼经》全文，并有题记。其余各级如托座、东腰、华盖等部分，均有精致的雕刻，内容为泳龙、卷云、蹲狮宝相莲花、玉珠、力士、天王、菩萨和供养人等。它既是珍贵的历史文物，又是不可多得的艺术珍品。现已列为重点文物保护单位。

松江清真寺，原叫真教寺，建于元代至正年间，即公元 1341 年至 1367 年间，是上海地区最古老的伊斯兰教建筑。现在存在的寺墓合璧是中阿两族文化交融的建筑，尤其是窑殿，邦克楼和达鲁花赤墓，具有浓郁的时代特征和珍贵的历史艺术价值。1961 年列入县级文物保护单位，1980 年被定为市级文物保护单位。

根据《松江志府》记载：元王朝统一中国时，纳速剌了曾率领部族人，即中亚波斯人，从嘉兴进入松江。以后他们的部族及子孙就定居于松江，这就是松江穆斯林的来源。由于回族实际上是阿拉伯人的后裔，六百年多年前迁来松江时，民心淳朴，信仰虔诚，而且又是因战败而成为当时蒙古统治者的俘虏而进入中国的阿拉伯人，当然忘不了他们自己民族的宗教信仰及宗教活动的，在他们定居之地都要建立供他们朝拜的清真寺。这便是松江清真寺的由来。

醉白池位于上海市松江区人民南路，始建于1644年，为明代画家董其昌觞咏处，也是名人学士常游之地。清顺治七年（公元1650年）工部主事顾大申建。醉白池之名取于苏轼《醉白堂记》，谓宋代宰相韩琦慕唐诗人白居易晚年以饮酒咏诗为乐而筑醉白堂。顾大申擅绘画，善诗文，亦慕白居易之乐而以"醉白"为池、园名。

全园占地80亩，分为内园和外园两部分，外园是新建的，内园是原有的。内园为全园精华之所在，庭院相接，亭台错落，长廊回环，清泓秀矗。堂、轩、亭、舫、榭、池组成了主体建筑群，有池上草堂、玉兰院、雕花厅、四面厅、束鹿苑、卧树轩等十景。园内廊壁和部分庭园里，石刻碑碣较多，这是该园的特色之一。池南长廊的墙壁上，嵌有《云间邦彦画像》石刻，共二十八块，镌明、清松江府属各县乡贤名士百余人之画像，刻画甚工。园内还有树龄在三四百年的古银杏、古樟树，年龄在百年以上的牡丹。

醉白池既具有明清时期江南园林山石清池相映、廊轩曲径相衬的风格，又具有历史古迹甚多、名人游踪不断的特点。它以水石精舍，古木名花之胜驰名江南。

松江凤凰山山高海拔51.1米，山地面积约40亩。山东部有悬崖一处，名青壁，高数十米，直如刀削。旧时上有虬松古藤，苍森可爱。解放后，封山育林，林木蓊郁，景色清幽。清朝嘉庆《松江府志》载有山泉二处：一曰凤凰，一曰陆宝。陶宗仪诗："丹泉陆宝秘精灵"，即指此。山上原有南村居、三星阁、平仪堂、且止园、梅花楼、芙蓉庄、山川轩、锦溪桥、摩霄崖、东海亭、竹堂、庆阳院、凤凰山庄等景观。

云间第一桥位于松江城西，因大桥横跨浦塘，又称跨塘桥。据史籍记载，此桥初建于宋代，为木桥，因桥规模较大，故当地称为"云间第一桥"。由于年久失修，木朽石陧倾斜。相传，一年端午节，人们拥在桥上观看龙舟竞渡时桥被压塌，不少人跌入水中。明代成化年间，知府组织重修，为石桥，桥三孔拱形，用青石砌成，高达 10 余米，长 50 余米。

方塔园是松江古城中一座以观赏历史文物为主体的园林。全园占地面积 182 亩，园址原是唐宋时期古华亭的闹市中心，东有爱民街、西有三公街，既是古代文人的会聚地，又是松江遗址的缩影，1978 年以园内主景方塔为中心建起这座园林。走进方塔园这一神奇的古建筑、古文物云集之地，会使您自然地产生一种怀古思贤的情感。园内主要有国家级文物宋代方塔（原名兴圣教寺塔）、市级文物明代大型砖雕照壁、县级文物宋代望仙桥、明代兰瑞堂（又名楠木厅）、清代表妃宫、清代陈化成祠堂。还有仿古长廊（内有董其昌怀素贴）、古堑道、何陋轩、塔影舫、五老峰等。

进入新世纪，松江旅游挥写着历史的新篇章：上海唯

一生好入名山游：诗词中的山川风景

一的国家级旅游度假区——佘山国家旅游度假区日趋成熟，已成为海内外游客体验时尚、休闲度假的胜地；古城十里长街延续着千年的古韵，诉说着昨天和今天的故事；松江新城生态示范区水清、天蓝、地绿，正向世人展示着都市新城的魅力；绿色农业园区以"回归自然"的理念，构筑起休闲度假的新空间；现代化的松江大学城玉宇恢宏，凸现出上海休学旅游的新亮点。古文化、宗教文化、现代文化……在这里交融；园林游、生态游、工业游……在这里荟萃。

"上海之根、都市新城"，以融古今中外大观为一体的雄姿展现在世人面前。

派出昆仑五色流，一支黄浊贯中州
——中国母亲河

黄　河

王安石

派出昆仑五色流，一支黄浊贯中州。
吹沙走浪几千里，转侧屋闾无处求。

黄河是中国第二大河，仅次于长江，是中华民族的母亲河。干流全长五千四百六十四公里，流经青海、四川、甘肃、宁夏、绥远、陕西、山西、河南及山东九个省份，成"几"字形，向东注入渤海，沿途汇集了三十多条主要支流和无数溪川，流域面积达七十五万多平方公里。中游段流经广大的黄土高原地区，许多支流夹带大量泥沙汇入，为世界上含沙量最多的河流，河水呈黄色，因而得名。黄河还是世界第五长河。

黄河从源头到内蒙古自治区托克托县河口镇为上游，河长 3472 千米；河口镇至河南郑州桃花峪间为中游，河长 1206 千米；桃花峪以下为下游，河长 786 千米。（黄河上、中、下游的分界有多种说法，这里采用黄河水利委员会的划分方案）黄河横贯中国东西，流域东西长 1900 千米，南北宽 1100 千米，总面积达 752443 平方千米。

黄河，像一头脊背穹起，昂首欲跃的雄狮，从青藏高原越过青、甘两省的崇山峻岭；横跨宁夏、内蒙古的河套平原；奔腾于晋、陕之间的高山深谷之中；破"龙门"而出，在西岳华山脚下调头东去，横穿华北平原，急奔渤海之滨。它流经 9 个省、区，汇集了 40 多条主要支流和 1000 多条溪川，行程 5464 公里，流域面积达 75 万多平方公里，是中国第二大河。全流域年平均降水 400 毫米左右，而黄河平均年径流总量仅 574 亿立方米，在中国河流中居第八位。流域内，连同下游豫、鲁沿河地区共有 2 亿多亩耕地，1 亿左右人口。

黄河全河多年平均天然径流量 580 亿立方米，流域平均年径流深 77 毫米，流域人均水量 593 立方米，耕地亩均水量 324 立方米。

黄河发源于青海巴颜喀拉山北麓的约古宗列渠，海拔

一生好入名山游：诗词中的山川风景

五千四百多公尺，四周高山终年积雪。黄河源流段有星宿海，是一片无数小湖的沼泽。出星宿海后进入鄂陵湖和札陵湖到玛多，绕过积石山和西倾山，穿过龙羊峡到达青海贵德，长一千九百多公里。上游段自贵德至绥远省河口镇，长一千五百多公里。黄河在甘肃境内，穿过不少大峡谷，汇集许多支流。中游段从河口镇到河南孟津，长一千一百多公里。

河水折向南流，纵贯黄土高原，夹带着大量泥沙，汹涌而下，到了壶口，地势陡落，形成壶口瀑布，接着穿过龙门峡流到潼关，河道变宽，因汇入汾沁、洛河和消水等支流，水量大增。河水到潼关为华山所阻，折向东流，过三门峡到孟津，便进入平原地区。下游段自孟津到山东利津县注入渤海，长八百七十多公里，由于泥沙淤积，水流缓慢，两岸筑有大堤，成为高出地面的"地上河"。

黄河风景名胜区位于郑州市西北三十公里处，它北临黄河，南依岳山。这里绿树满山，亭阁相映，山清水秀，景色宜人。登高北望，黄河水无际无涯，浩浩荡荡。由于黄河在这里冲出最后一个峡口进入平原，形成悬河，所以在这里观黄河别有一番情趣。回首南望，就是游览区的中心景区五龙峰景区。这里的古典式亭台楼阁，错落有致地点缀在起伏的山势上。五龙峰环抱的山脚下，有一尊名为"哺育"的塑像安坐在梅花形水池中，塑像造型是一位怀抱婴儿的妇女，神态和蔼慈祥，格调高贵素雅，象征黄河哺育了中华民族。游览区的其他主要景点还有岳山寺、骆驼岭、汉霸二王城、炎黄二帝石塑等。

黄河壶口瀑布——天下奇观，是镶嵌在九曲黄河之上的一颗璀璨的明珠，是我国北方最富有特色的大型瀑布奇景，名列全国第二大瀑布。1988年被列为国家级自然风景名胜区，1991年被国家旅游局评为"中国旅游胜地四十佳"之一。由于自然生态的原因，黄河水色黄浊，与周围高原峡谷的环境色彩构成和谐的自然美。黄河岸线曲折，河面形态开合多变，枯水期、常水期和丰水期水量不同，又形成不同的空间感受。黄河穿行秦晋峡谷之中，被两侧陡崖石岸所束缚，激发出迥异中原河道的壮丽景色，那"不放黄河走，层层锁石门，架空崩雪浪，夺滥战乾坤"的豪迈气势，给人以人定胜天的强烈感受。壶口瀑布位于黄河中游秦晋峡谷之中，河西属陕西省宜川县壶口乡境，河东与山西省吉县相接。

主瀑布宽约40米左右，落差40米以上。河水流经此地，以其巨大的力量，泻入河谷，冲入深槽，顿时，涛声轰鸣，水雾升空，惊天动地，气吞山河，显示出"黄河之水天上来，奔流到海不复回"的宏伟气概。壶口瀑布呈现出"水底冒烟"、"霓虹戏水"、"晴空洒雨"、"旱天鸣雷"、"山飞海立"等多种奇特幻景。加之周围山峰自然景色奇特，因此，壶口瀑布具有独特的历史地理环境和丰富的旅游特征。

作为一个炎黄子孙，如果有幸到此一游，面对这汹涌奔腾的壶口瀑布和多种奇特幻景，一定会对伟大的黄河产生一种发自内心的赞叹，增添一股强烈的民族自豪感。抗日战争时期，革命诗人光未然，音乐家冼星海，就是在黄

一生好入名山游：诗词中的山川风景

河壮丽情景的激励下，谱写出鼓舞人民斗志的《黄河大合唱》。新中国建立后，不少文艺工作者将它摄入电影、电视镜头，搬上银幕，并被刻印在新版五十元人民币的票面上，借以反映中华民族的伟大形象和不屈不挠的革命精神。近年来，延安市委、市政府为了满足国内外游客的需求，投巨资改善了壶口的旅游基础设施，增设了孟门山大禹治水塑像、八角望龙亭、黄河转九曲、夜观壶口等游览项目，最近又在筹建直升机游览项目。重建了道路，并对道旁进行了绿化，梨园、苹果园比比皆是。新修了三星级标准的观瀑舫大酒店。住进宽敞明亮的房间、听着瀑布的涛声、品着黄河大鲤鱼、喝着延安美酒，时不时来一段陕北信天游，简直使人充满身临仙境、心旷神怡的感受。

1999 年和 2000 年，江泽民、李鹏、黄菊、温家宝、李贵鲜等党和国家领导人相继来到壶口，住在观瀑舫，亲身感受了壶口瀑布昼夜巨澜惊涛的宏伟气势，江总书记还挥墨写下了"黄河壶口瀑布"六个大字，使壶口瀑布更加增光添彩。壶口瀑布地处横向高原与纵向峡谷的交汇点，构成了动静对比强烈，景致简洁完美的风景空间，吸引大量国内外观光者慕名而来，影视、书刊等媒体纷纷将目光对准这里，作为理想的取景地。壶口瀑布更以其深广的哲理内涵，吸引着炎黄子孙，视其为中华民族自强不息、昂扬奋发的精神象征，称之为"民族魂"，不少健儿在此搏击洪流，扬我国威，创造了一个个中华之最。

1987 年 9 月，黄河漂流队探险队员王来安乘坐由 40 个汽车轮胎缠结成的密封舱，顺瀑布而下，揭开了人类在壶口体育探险的序幕，人称"黄河第一漂"。其后，天津勇士张志强在黄河大桥跳悬索，人称"中华第一跳"。1996年8月，河南冯九山横跨壶口走钢缆，创下高空走钢缆最长的世界吉尼斯纪录，被誉为"华夏第一走"。1997年6月1日，为迎接香港回归，"亚洲第一飞人"柯受良驾车飞越壶口，创下世界跨度最大的飞车世界纪录，被称为"世界第一飞"，现场的中保财产保险有限公司的冠名巨幅广告被载入世界吉尼斯纪录大全，同时创造了另一项新的世界之最。1999年6月20日，山西吉县青年农民朱朝辉骑摩托车飞越壶口，又创下了新的奇迹。这些奇迹的创造，和壶口瀑布的惊世气魄相得益彰，使名景和名人的知名度急骤升高，吸引着越来越多的国内外专家、学者及游客到此观光、考察。

　　由于四季气候和水量的差异，壶口景色也时有所变。春天桃花盛开时，冰岸消融，水量适度平稳，主瀑、副瀑连成一片，河槽犹如龙腾虎跃，主瀑似烟波缭绕，十分壮观；夏季，水量减小，龙槽水位下降，落差加大，主瀑则大显神威，吼声更壮，水柱更高，临其境，脚下云烟，眼前浪花，耳旁水鸣，其趣无穷；秋天，雨季过后，诸多山溪清泉大量汇聚，"壶口秋风"更使游客大饱眼福，难以忘怀；至冬天，上游大块冰凌荟萃，相互交错，冲击突起，形成天然冰桥，俗称"壶口叉桥"，这又是一幅"北国佳作"！

一生好入名山游：诗词中的山川风景

别意猿鸟外，天寒桂水长

——桂林山水甲天下

送谭八之桂林

王昌龄

客心仍在楚，江馆复临湘。

别意猿鸟外，天寒桂水长。

桂林，中国的重点风景旅游城市和历史文化名城，它拥有得天独厚的国家级风景名胜区，有着举世无双的喀斯特地貌。这里的山，平地拔起，千姿百态；漓江的水，蜿蜒曲折，明洁如镜；山多有洞，洞幽景奇，瑰丽壮观；洞中怪石，鬼斧神工，琳琅满目，被誉为世界最美丽的城市之一，是闪烁在祖国南方、广西壮族自治区东北部的一颗璀璨明珠。

桂林四季分明，气候宜人，故得古人"五岭皆炎热，宜人独桂林"之赞誉。漓江纵贯市东，北起兴安，南至阳朔。此处奇峰突起，怪石峥嵘；江流弯转，碧澄见底；岩洞幽深，神奇魅力。近二百多公里的地面上，因石灰岩地层深厚，流水冲击，风雨剥蚀，地壳变动，形成了奇特秀丽的峰林。此处山都是平地突起，挺拔秀丽，形态万千。山多岩洞，洞内石乳、石笋、石幔、石花组成各种景物，玲珑剔透，有人称"神仙洞府"之称。秀丽漓江在峰丛中蜿蜒穿行，水色清澈，游鱼可数，有"玉带绕碧峰"之誉。无山不洞，无洞不奇，青峰和奇岩竞秀，碧水与幽洞争妍，山青、水秀、石美，洞奇，如韩愈形容的"江作青罗带，山如碧玉簪。"秀甲天下的这方热土，是中外游客向往的地方。

奇秀山峰神仙洞府，这里的山峰形态奇秀，不少著名山峰从南朝到唐代就已陆续开发兴建，周围都有历代古建筑点缀，山上和洞中还有许多摩崖造像和石刻。其中最著名的有独秀峰、叠彩山、伏波山、象溪山、隐山等。

芦笛岩，位于桂林市西北兴明山腰，是一个囊状岩洞，长约500米，最宽处约90米。洞内有大量玲珑剔透、色彩缤纷的石乳、石笋、石柱、石幔、石花、组成"狮林朝霞"、"红罗宝帐"、"帘外云山"、"云台览胜"、"原始森林"、"盘龙宝塔"、"幽境听笛"、"远望山城"等多种景色，被称为"大自然艺术之宫"。据专家专证芦笛岩是地下水沿着岩石的破碎带流动溶蚀而生成的溶洞，已有60万年以上的历史。芦笛岩内还保存着南朝和唐宋的壁书77则，都是前人的墨书题壁。

独秀峰，在桂林市区王城里，平地拔起、孤峰屹立，端庄秀美。南朝刘宋诗人颜延之有"未若独秀者，峨峨郛邑间"的诗句，"郛"即古代城外面围着的大城，"邑"即城市。独秀峰名字见于文字即从这首诗开始。峰上有306级石磴道。山北月牙池，为桂林著名水池之一。山东南麓有岩石如石屋，内有天然石榻、石窗，均为岩石溶蚀而成。

相传南宋时著名诗人颜延之上任始安（今桂林）太守时，常来这里读书，所以又称为颜延之读书岩。从颜延之开辟读书岩以后，历代文人也常来此题咏。四周山麓、读书岩、太平岩及登山道旁分布着自唐至清的历代石刻90余件。

叠彩山，在桂林东北面，包括四望山，于越山和明月、仙鹤二峰。据说因山上石纹横布，彩色翠绿相间，所以得名。山上古时有很多桂树，又名桂山。明月峰半山有洞，南北对穿，中间极狭，仅通一人，长年凉风习习，俗名"风洞"。登山时，须穿过风洞，再上三百级，便可到达明月峰绝顶，上有"拿云亭"。因五代时楚王马殷曾在此筑台，又称"马王台"，在此可纵览桂林全景。

伏波山，在桂林东北部，漓江边上，每遇春夏、岩阻江流，浪急涛涌，山脚波澜洄伏，所以得名。这里早在宋代就是游览胜地，建有不少亭阁。岩洞颇为奇特，其中还珠洞是乘船游览桂林的主要出发地，位于东麓，古代游岩只能乘船从这里的水路出入，现已在山南麓新辟入口。还珠洞分上下两层，上洞曲折开朗，石壁上多为唐代造像，共36龛，230余躯。最大的莲座高1.4米，小的不到1米，多为晚唐风格。佛像面容丰润，神情潇洒，典雅大方，是佛教艺术的杰作。

桂林石美，洞奇，其风格瑰丽多姿，洞道曲折，或晶莹剔透，幽幻奇物或雄伟壮观，深邃莫测。在桂林周围400多处的奇岩怪洞中，七星岩以其游览历史的久远，神奇绚丽的景致和想象丰富的福州传说而闻名，清代诗人袁枚写诗赞道："桂林诸洞皆玲玕，就中奇绝称栖霞。"七星岩的景点有 40 多处，人在洞里行，犹如在仙境徜徉。

七星岩，据说曾是仙人洞府，日华、月华两位仙人就在洞内居住。一天有个叫郑冠卿的县令来七星岩游览，在洞口遇见了两位道士，他们邀郑冠卿到洞中的"棋盘山"饮酒下棋，道士请郑冠卿吹笛子，他接过笛子却吹不出声音，道士奏乐他也听不见。郑冠卿想喝酒，酒壶仅存点滴，他感到很纳闷，便告辞道士走出岩洞。在洞口他又遇见了两个樵夫，樵夫告诉他，刚才邀他下棋的就是日华、月华两位神仙，他刚想详问，樵夫已渺无踪影。谁知他在洞中只待了那么一会儿，回到家里，夫人却说他一去就是三年没有音信。这个县令在七星岩遇仙的故事广为流传，七星岩这"神仙洞府"的名声也就远扬四方了。

象山水月是桂林山水的象征。当游人站在解放桥向南而望，西岸临江的象山便映入眼帘。汲于水中的大象，象鼻和象身构成一孔半圆洞，山北半山有小岩，东西对穿，酷似大象的眼睛，又名象眼岩。滴水穿洞南去，水中倒影宛如一弯浮在水中的明月。这天然美景，便是被人称奇的"象山水月"。

据说很久以前，一群大象因为爱上漓江两岸的风光，在这里安下了家，后来被一个英雄制服了，成为人类的好朋友，为人类耕田运货，它们憨厚，善良，给人们带来了欢乐。谁知皇帝知道了桂林有一群吉祥的大象，便想占为己有。他派兵捉拿不肯进贡大象的英雄，却被英雄杀得片甲不留。皇帝又怒又气，便亲率精兵良将来桂林剿灭胆敢抗旨的臣民。由于敌众我寡，英雄英勇地战死在沙场，大象见主人倒下了，便四处奔逃，唯有头象依然守护着主人的尸体。皇帝看见这只大象就跳上象背想制服它，谁知却被大象摔在地下，气得皇帝又一次跳上象背，并抽出宝剑插入象背。大象愤怒了，再次把皇帝摔下地，然后用脚将皇帝踏死。人们特地在象峰顶上建普贤塔，形似剑柄插在大象背上，又称剑柄塔。象在东方神话中本是普贤的坐骑，庇佑一方百姓，永无血光之灾。

象鼻山北有一个圆形的南北贯通的大岩洞，将象鼻山和象身分开，月明之夜，洞影入水，酷似明月浮水，上下有两轮圆月辉映。这就是著名的水月洞。洞旁崖壁上有十多件摩崖石刻，多数是宋刻，其中有陆游的诗札，是他的朋友杜思萧所刻。还有张孝祥的《朝阳亭诗并序》、范成大的《复水日洞》，他们都是南宋时著名的爱国诗人。

漓江，又名漓水，此名源于南宋周去非的名句"今桂林名漓者，言离湘之一派而来也。"是国务院公布的第一批国家重点风景名胜区之一，是大自然赐予人类的神奇宝藏，是一条连起中外人民友谊的纽带。桂林山水甲天下，阴朔山水甲桂林。在漓江风景区，从桂林至阳朔83公里的水程上，岩溶地貌丰富，不仅山清水秀，洞奇美，还独具深潭险滩、流泉飞瀑。游漓江，万点奇峰来岸迎，秀水千曲入梦来；游漓江，"分明看见青山顶，船在青山顶上行"；游漓江，人在江中游，如在画中行；游漓江，使你弛骋想象力，作一次快乐的人生之旅。

漓江的游程，从象鼻山启航，进入第一景区，对岸是訾洲。訾洲，唐时就是游览胜地，柳宗元曾在《訾家洲亭记》中细腻地描写了那时訾洲地亭台景色："南为燕亭，延宇垂阿，步檐更衣，周若一舍。北有崇轩，以临千里，左浮飞阁，石列闲馆比舟为梁，与波升降。"并且感叹道："盖非桂山之灵，不足以环视，非是洲之旷，不足以极视。"如今訾洲绿树掩映，果园飘香，临江河滩已成为天然泳场，船一离岸，便行于青峰之间，过穿山、斗鸡山、净瓶山，一片峰林映入眼帘。青峰座如剑戟拔地峭矗，直指苍天。这是奇峰镇，当年太平军曾驻扎在此厉兵秣马。船出奇峰镇，只见临江有座圩镇，古老的石板码头伸向江中，捣衣声阵阵，临江房屋露出几角飞檐，古色古香，街上有青石板路，镇南还有一座建于明代的单拱石桥——万寿桥，它就是大圩镇，为广西四大古镇之一。因为傍着漓江，大圩镇的水路交通颇有优势，所以集市愈益繁荣。

接着是第二景区，这是漓江风光妙景处。这里的主要景点有"望夫石"、"草坪帷幕"、"冠岩幽府"、"半边渡"、"石人推磨"、"鲤鱼挂壁"、"浪石"、"九马画石"、"黄布倒影"、"兴坪佳景"等。

望夫石立在斗米滩右面的山顶上，它有一个催人泪下的传说。相传一对船家夫妇行船至此，因滩上水浅不能行船，只好等待。直等到米吃完了，仍开不了船。丈夫爬到山上远望，希望漓江水涨救他们全家性命，可是他失望了，变成了石人。妻子背着小孩寻找丈夫，见状后悲痛欲绝，也化作了石人。游船靠近望夫石，听着这个故事，游客们都会情不自禁地举目仰望。

冠岩幽府有"兼山水之奇"的盛赞，岩内有洞，洞中又有洞，地下河水訇然作响，它不仅引来游客，还使探险者跃跃欲试，经过他们的努力，终于觅处了地下河的芳踪。原来，它来自灵川县的南圩河。南圩河水南来经过冠岩幽府流入漓江，漓江便又多了一支支流。

半边渡则又是一奇。古人有诗曰："此地江山成一绝，削壁垂河渡半边。"这里，临江山壁切断了村人的来往去路，往来只好凭借渡船，因船在同一江边的上下游摆渡，故曰半边渡。冠岩下去至杨堤，一滩接一滩，有鸳鸯滩、闹滩、双全滩、锣鼓滩、丈滩、鸭仔滩、鸡仔滩等七个滩，当地人以逆水行舟过滩的顺序将之编成一个顺口溜："鸡仔鸭仔上丈滩，锣鼓双全闹鸳鸯。"这首顺口溜不仅朗朗上口，易记易读，还生动形象颇为有趣。过杨堤经"浪石滩头卓笔峰"等胜景，便到了最著名的景点"九马画山"。

九马画山峻嶒的山壁平整如削，壁上石纹斑斓有致，酷似一副群马图。相传这壁上的马是一群天马，弼马温孙大圣无意放马，这些天马逃下凡间，见这一代山好水好就不愿意离去，直到天神追来，它们仍愿意留在这里，便隐匿于壁中，变为画山九马。然而要认出壁上群马，也并非易事，有民谣为证"看马郎，看马郎，问你神马几多双？看出七匹中榜眼，能见九匹状元郎。"于是人们都以能看出山壁上的马为乐事。有人说这画山上的纹路也如仙女起舞、鸾凤凌空、天上流云……画山真是一幅看不够、猜不透的"画"。很可惜，如此的天地造化，在清以前却无人注意，直到嘉庆年间阮元任两广中督时，曾六度游览此处，欣赏画的真蕴，琢磨其丰富内涵，终于看出其中的奥妙，手书

"游漓江石壁图"几个大字，并组织工匠书法镌刻画壁之上，从此一块石壁立即增添了文化品位，引动多少文人贤士争相效仿。

画山赏"画"，意犹未尽，船就到了江面开阔平滑如"布"的黄布滩。这里是看山峰倒影的最佳处，青山倒影浑然一体，舟行江中如在山巅中行，船到兴坪，随湾流而下。这里，时而两岸奇峰映入江中，时而竹重婆姿迎风轻舞，时而田园渔村随流水展现，时而滩上林中牛儿小憩。果然"阳朔佳胜在兴坪。"它自有一番自然、朴实、恬静、清纯的美。

过兴坪，向阳朔，这是游江观景的尾声。水依然清悠、山依然未尽，只是石山峰林渐转为土山土岭，让人感到了另一种粗犷的美，待看到粗犷、憨厚的龙头山，进青峰佳境，再过碧莲峰，便到了此行的终点。

有了这一历程，假若你夸口看尽了漓江画廊，那就错了。看漓江，晴天雨天大不同。晴日下的漓江风景，山色清朗，无遮无拦，一览无余，山映在江中，清晰妩媚，却缺乏似梦柔情；烟雨时节，漓江山色空濛，水自多情，船犁江波穿雾海，漓江全在画家的挥毫泼墨之中，一片朦胧、一片梦境。此时身在漓江上，心在仙境中，吸上一口漓江雾，涤去心尘和俗念……清脆的鸟鸣幽幽渺渺，隔雾循声，轻纱中鹭拍翅，又添几分恬淡惬意。这些似真似幻的感觉，是晴日下所难以领略的；若得冬雪后游漓江，那莹洁的两岸、莹洁的滩头，更显江水清纯。

穿山公园位于漓江东岸，距市中心约 3 公里，总面积

53.8公顷，园内有穿山、塔山、月岩、穿山岩、寿佛塔等胜景，小东江自北而南，曲贯穿山与塔山之间。

穿山是桂林的名山之一，自古以来，久负盛名。其主峰有一穿洞，空明正圆，好似一轮明月高挂，人称"月岩"；由于它南北穿透，故又名"穿岩"，穿山也因此而得名。穿山有大小30多个岩洞，其中最美的要数1979年发现的穿山岩。它是桂林市继七星岩，芦笛岩之后的又一大型风景溶洞。岩洞总长517米，游程248米，常温保持在摄氏22度左右，冬暖夏凉。洞内精美的石钟乳、石笋、石幔、石盾琳琅满目，美不胜收，特别是那晶莹透亮的鹅管、卷曲的石枝、雪白透明的水晶石、石头开花长毛，形成了穿山岩独有的四大特色，具有很高的观赏和科研价值。因此，穿山岩被人们誉为"世界罕见神奇的水晶宝洞"。

穿山公园内绿草茵茵，苍松翠竹，山花烂漫，环境优雅。峻峭的塔山上，明代建筑的一座七层六角实心的"寿佛塔"，巍然矗立，倒映江中，雅致清丽，"塔山清影"为桂林著名老八景之一。

往往是还没有到桂林就被她"山水甲天下"的美名所吸引，总想精心准备一个假期、一份心情去细细体味这里的山水、人情、风俗和悠闲舒适的生活。泛舟漂游在如诗如画的漓江上；月上枝头时到象山欣赏水中映月；徜徉在龙脊梯田中感受劳动人民的勤劳和智慧；把自己慵懒地放在阳朔，悠然地放纵思绪，融入到中西文化的交汇中；或者在桂林的小街上吃一碗热气腾腾的桂林米粉……桂林总是能给人无穷的回味。